世界平和よりもSEXY?

桜ノ牧 晃
SAKURANOMAKI AKIRA

幻冬舎 MC

世界平和よりもSEXY?

目次

まえがき　7

I

迷わずに「世界平和」よりも「セックス」を選ぶ人達　11

誰もやりたがらない　13
懲りない掌返し　15
心から好きだったのに　19
「多様性」という名の罠　24
オワッた人　28
純愛の定義　31
その「いつか」は来ない　35
雲と泥と　38
早く終われ　41
ありのままでは受け入れられない　45

自分のことは棚に上げて 48
高い理想を捨てられずに 51
逆だったら良かったのに 57
何か楽しみでもあれば…… 62
陽だまりでエロス？ 64

II

迷いながらも「セックス」よりは「世界平和」を選ぶ人達

69
私は屈しない 71
運も実力のうち？ 73
いいひとの末路 76
正しい人 80
社会の進歩を喜べない 84
改革者にはついていけない 91
ザ・テープレコーダー男 95
運転のしにくい乗り物 100
やっぱり美人が好き！ 104

良き羊飼いの治める国で　108
埋められない溝　112
境目が分からない　115
とある警告　122
こんなはずじゃなかった　125
真のヒーローはどっちだ？　129
あとがき　134

まえがき

唐突ですが　一風変《いっぷう》わった質問をさせてください

今あなたの眼前には　夢のような　二つの選択肢が横たわっています
一つは「あなたがずっと恋焦がれていた相手と　ついにセックスができる」
もう一つは「紛争やテロの絶えないこの世の中で　世界平和がついに実現する」
さて　あなたは　どちらを選びますか？

この詩集には
前者を選ぶであろう人達と　後者を選ぶであろう人達が
それぞれ　日々の暮らしの中で　どのような生き方をしているのか
どのような壁にぶつかり　どのような苦悩を味わっているのか
若年から中年層を中心に　赤裸々《せきらら》に報告されています

彼らや彼女らをモデルにした〝物語〟を読んで　一度考えてみてください
「世界平和」よりも「セックス」を選ぶような「利己」的な人間と
「セックス」よりも「世界平和」を選ぶような「利他」的な人間と
荒《すさ》んだ　生きづらい現代の社会で　果たして　どちらが幸せになれると思いますか？
果たして　あなたはどちらの人生を選びますか？

本編を読み進める上で
ヒントになる　簡単なテストがあります

以下の　当てはまる項目に☑を入れてください

□ 職場や家庭では　いつも不平不満ばかり言っていて
今も世界のどこかで　銃弾が飛び交っている惨状など考えたこともない
□ 他人の女や男を欲しがる人は
利権を奪い合って争う　どこかの国と同じようなものだと思っている

□ 他人の女や男を欲しがる人が口にする「会いたい」は
「したい　やりたい」という意味と同じだと思っている

□ 世界に火種をまく独裁者たちも
昔は無邪気な子どもだったと　同情することができる

□ 国際会議で固い握手を交わす　各国首脳の胸の内では
相手が不幸になる日が来るのを期待しているのだろうと　勘繰《かんぐ》ってしまう

□ 核兵器がこの世から消え　世界が一つになる「いつか」が来るなんて
胸の内では　絵空事だと鼻で笑っている

□ 「多様性の尊重」なんて　絵空事だと諦《あきら》めかけている
その証拠に　民族　宗教の違いによる争いは　昔も今も終わることがない

本編は二部構成になっています
もし☑の入る項目が一つでもあったなら　第Ⅰ部が
すべてに☑が入らなかったら　第Ⅱ部が
あなたがどちらを選ぶ人なのかを判断する際に
特に参考となるでしょう

I

迷わずに「世界平和」よりも「セックス」を選ぶ人達

誰もやりたがらない

モデル　言い訳の達人　四五歳

彼は若い頃　自社の管理職を批判することを　自己の存在意義にしていた
「残業時間が長いのも　業績が伸び悩んでいるのも　若手が成長しないのも
人間関係がギスギスしてきたのも　問題社員が増えてきたのも
要するに職場が変わらないのは
全て　上に立つ者が　明確な方針や指示　指導をしないからだ
責任をもって　一刻も早く対策を考えて　我々に示してほしい
大きなトラブルは　全て　お偉方で何とかすべきだ
あんたたちは　あれやれ　これやれと　下の者に命令するだけだから　楽でいいよな」と
正しい行いをしていると信じて疑わず　得意満面になって
事あるごとに　まくしたてていた
彼は　よくぼやいていた

「部下が仕事で上手くいかないのは
上層部が　事前に何をすればよいか　詳細に教えなかったからだ
リーダーが優秀でないのは困る」と

ところが　数年経ち　あれほど批判していた管理職に自分がなった途端《とたん》に
「上に立つ者が　あらゆる状況を把握し　全てに精通するなんてできるわけがない
何でもかんでも上の人間を頼りにしてもらっては困る　上に判断を仰《あお》ぐのではなく
まずは自分たちで声を掛け合って　一人一人の力で解決していってほしい
下の者は責任を取らなくていいから　気楽でいいよな」と
仏頂面《ぶっちょうづら》で　ことごとく突っぱねるようになった

彼は　よくぼやいていた
「上層部というだけで目の敵にされて　文句ばかり言われるし
困難な案件の処理を押し付けられた挙《あ》げ句《く》
最後は全て我々のせいにされる　貧乏くじを引かされた」と
今では　この会社で　誰もリーダーをやりたがらなくなった

懲りない掌返し

モデル　罪深き気分屋さん　五三歳

彼女は　十代の頃から　外国での暮らしに憧れていた
遠い国の美しい写真や動画を眺めては
「いつか行ってみたい　住んでみたい」と心をときめかせ
眼下に広がる　生まれ故郷の街並を眺めては　当たり前の光景にうんざりしていた

二十三歳で　彼女は念願叶って　ついに移住した
ところが　一年も経たないうちに
ずっと恋い焦がれていた異国の街並は　今や当たり前の光景となり
彼女の心はもうときめかない

やがて　日本にホームシックになった
「便利で　安全で　清潔で　落ち着く……」

あの代《か》わり映《ば》えのしない　つまらないと感じていた光景が
今や愛おしく感じるようになった

あれほど嫌がっていたくせに　自分勝手なお人だ

結局　彼女は二十五歳で帰国した
ところが　三年も経たないうちに　もう懲りたはずなのに
「違う国に住んでみたい」という気持ちがまた湧いてくるようになった……

そんな彼女だが　二十代の頃から　好きになった男性は既婚であることが多かった
でも「愛する気持ちは本物だから　不倫は
一概に断罪されるべき行為ではない」と　胸の奥で肯定していた

そんな彼女も　三十三歳でめでたく結婚した
すると　自分の夫が　たとえ純粋な気持ちであったとしても
不倫をするなど　想像するだけで耐えられない

「相手の女も妻帯者だと分かっているなら身を引くべきだ
他人の家庭の安穏《あんのん》を壊すな」と　あからさまに否定するようになった
あれほど許していたくせに　自分勝手なお人だ

ところが　三年も経たないうちに　彼女は異動先で年下の魅力的な男性に出会う
結局　彼女はまた不倫を肯定するようになった……

そんな彼女だが　四十代の頃に大病を患《わずら》い　半年間の療養を余儀なくされた
彼女の職場はかねてより人手不足　しわ寄せは当然他の社員に行く
彼女の休職を快《こころよ》く思わない同僚がいることは　病床の彼女の耳にも少なからず入っていた
そのたびに彼女は「こっちは病気で苦しんでいるのに　自身の負担ばかり考えて
仲間の病状を心配しないなんて　心の狭い人間だ」と軽蔑した
やがて　彼女はめでたく快復して　仕事復帰を果たした
ところが　三年も経たないうちに　慢性的な人手不足が続く彼女の職場で

新たに休職を申請した同僚が出た
当然しわ寄せは彼女にも降りかかる　それも小さくはない業務量だ
すると彼女は「病気で苦しいのは理解できるが
それで周りの人々がどれだけ負担を被《かぶ》ることになるのか　少しは思いやるべきだ
自身の健康維持・管理は　社会人として基本中の基本なのに」と
不満を漏《も》らすようになった

あれほど助けてもらったくせに　自分勝手なお人だ

結局　彼女は五十三歳で病気が再発したが　過去の発言をもう忘れてしまったのか
「長期にわたる休職制度は労働者の権利であり　後ろめたいことは何もない」
と言い放っていたそうだ……

心から好きだったのに

モデル　思ったことが全部顔に出ちゃう人たち　全員二五歳

彼はテレビゲームが好きすぎて　小学校低学年の頃から毎日十時間以上遊んでいた
時には親にこっぴどく叱られて　ゲーム機を窓の外へ投げ捨てられたこともあった
それでも　学校の勉強はほったらかし　ゲーム熱は全く冷めなかった
やがて好きが高じて　中学卒業後にプロゲーマーになった
さぞや今頃　愉快《ゆかい》な人生を送っているのだろうと思っていたら
その道のプロになった途端《とたん》　楽しめなくなった　苦痛になったそうだ
どうやら　大会やイベントのスケジュールを優先して練習を組まなくてはならず
所属チームの勝利や宣伝のために
自分の関心や希望に関係なく　新しい大技や戦法の習得を常に求められる
そうでなければ　契約を解除される
自分のペースでプレイできなくなったことが　主な理由らしい

彼は野球が好きすぎて
小学校中学年の頃から　雨の日も風の日も　土日も祝日も
近所のグランドに足繁《あししげ》く通っていた
時には　学校の定期テスト前であっても
教科書をろくに開かず　野球の雑誌や技術書ばかり読みふけっていたので
さすがに親に怒られて　バットやグローブを隠されたこともあった
それでも　全く懲りなかった
やがて好きが高じて　高校卒業後にプロテストに合格した
さぞや今頃　充実した人生を送っているのだろうと思っていたら
その道のプロになった途端《とたん》　楽しめなくなった　苦痛になったそうだ
どうやら　数字や結果を常に求められ
同じ球団のライバルや　同じリーグの対戦相手の　弱点やクセの研究や分析に
膨大な時間を費やされる
ちょっとでも怠けると　あっという間に　ふるい落とされる
厳しい競争とプレッシャーに晒《さら》され続けることが　主な理由らしい
彼女は旅行が好きすぎて　小学校高学年の頃から

世界地図を飽きるくらい眺めたり
旅番組を片っ端から録画しては　繰り返し視聴したりしていた
学校の成績は　地理と英語だけが　ずば抜けて得意で
それ以外の教科との差が激しかった
時には　親に心配されて　家庭教師を無理矢理あてがわれたこともあった
それでも　全く点数は伸びなかった
学生時代は　バイト代と休みの日の予定を　全て海外旅行に捧げていた
やがて好きが高じて　短大卒業後にツアーコンダクター（いわゆる添乗員）になった
さぞや今頃　周りが羨《うらや》むような人生を送っているのだろうと思っていたら
その道のプロになった途端《とたん》　楽しめなくなった　苦痛になったそうだ
どうやら　客の要望やクレーム処理　行程上のトラブル対応など
気を遣《つか》ったり　神経を擦《す》り減らしたりする場面の連続で
外国の街並や絶景を味わう余裕など皆無
毎月二回以上の　世界各地のパックツアーに同行するノルマは　体力的にもしんどい
旅行が　趣味から賃金を得るための労働に変わってしまったことが　主な理由らしい
彼女は小説が好きすぎて　中学校入学の頃から

暇さえあれば　部屋に籠《こ》もって　ノートに自作の小説を書き溜《た》めていた
生活の中で　負の感情が刺激されるたびに　それを物語に変換して
吐き出すように言葉を紡《つむ》いでいった
創作は　世渡り上手ではない彼女にとって　一種の精神的な救いともなっていた
時には　親に心配されて　無理矢理　戸外に連れ出されたこともあった
それでも　彼女の思考は全く停まることはなかった
大学入学後に　アマチュアの同人誌を編集するようになり
仲間と　互いの新作を批評し合ったり　文学論について夜遅くまで語り合ったりした
やがて好きが高じて　大学卒業後に　新人賞を獲得して作家になった
さぞや今頃　幸せな人生を送っているのだろうと思っていたら
その道のプロになった途端《とたん》　楽しめなくなった　苦痛になったそうだ
どうやら　自分のひらめきや執筆のリズムに関係なく　設定された締切に追い立てられる
まとまった準備期間が欲しくても　その前に　依頼された原稿を仕上げなければならない
自分の書きたいテーマではなく　出版社の意向を汲《く》んだ作品を常に求められるが
何も思い浮かばないと焦り始めてきて　アイデアを絞り出す作業は難航する
創作は　彼女にとって　精神的な重荷に変わってしまったことが　主な理由らしい

皆　子どもの頃の純粋な気持ちは　どこへやら……
子どもの頃の夢が叶ったのに　どうしてこんなことになるの？

しかし　同じような環境で育ち　同じような人生を歩んできたのに
そうはならなかった人達もいる
彼らや彼女らは　一様に
「結局は好きだから　好きな気持ちは変わらないから
何があっても　やめるつもりはない」
「自分のしたことで　ファンやお客さんの喜ぶ顔を見ることが一番のやりがいで
全ての苦労は報《むく》われる」
「誰もやったことのないことに挑戦したい　自分の限界を超えてみたい」などと答えている

この違いは　一体どこから来るのだろう？

「多様性」という名の罠

モデル　「悪くはないけど恋人にしたいとは思わない」と告げられて目下《もっか》四連敗中　三六歳

「多様性の尊重」　それは正しく普遍的で
これからの人類が目指すべき社会の在り方として　今や〝常識〟となっている……

彼女は　十代の頃から　好きな人と結婚して温かい家庭を築くことを
ひたすら夢見ていた
学生の頃も　社会人になってからも　一日一日を忙しくも懸命に生きてきたが
気が付いたら　結婚適齢期をとっくに過ぎた　おひとり様になっていた
でも　そんな彼女をなじる人は　一昔に比べて随分《ずいぶん》と減った
むしろ理解を示し　励ましてくれる人々も増えた
「結婚して子どもをもつことだけが幸せじゃない　多様な生き方があっていい
シングル・ライフだって自由で素晴らしい」のだと

彼女もそうだとは思う
でも　本当はそういう生き方をしたかったわけじゃない
でも　それを表立って認めるのも今更プライドが許さない
「多様な生き方」という美辞麗句を隠れ蓑《みの》にして
恋愛で誰からも選ばれなかったという引け目や悔しさをごまかしながら
今日も強がって生きている

そんな彼女は非正規労働者　今の派遣先が六社目になる
本当は早く正社員になって　安定した生活を送りたいと願っている
でも　そんな彼女の経歴を心配する人は　一昔に比べて随分《ずいぶん》と減った
むしろ　この国の大臣や経営者たちは
パートタイマーやギグワーカーなどの有期雇用をもっと増やすべきだと主張している
「一人一人のニーズに合わせて　フレキシブルに　様々な働き方を選択できることが
　人生を豊かにし　社会に活力をうむ」のだと
でも　実際は　望んで選択したわけじゃなく　仕方なく選択させられただけ
「多様な働き方」というスローガンを都合良く利用して
自分の不安定な雇用形態を正当化させられている　上手に言いくるめられている

そんな気がしてならない

そんな彼女の性格は　真面目で繊細ではあるものの
押しが弱く　変化を恐れるところが難点
自信のない振る舞いが目立ち　クラスにいたら　いじめられそうなタイプだ
でも　そんな彼女の性格を問題視する人は　一昔に比べて随分《ずいぶん》と減った
むしろ　強みになると肯定する人々も増えた
「様々な性格や立場　価値観をもった社員のいる方が
新しい発想やアイデアが生まれやすい
あなたらしいやり方で組織に貢献すればよい」のだと
でも　ビジネスとは　そんな甘い世界じゃない
熾烈《しれつ》な販売競争を勝ち抜くために
跋扈《ばっこ》する曲者《くせもの》達と　日々渡り合っていかなくてはならない
精神的にタフで　気の強い方が向いていることくらい誰だって分かるのに
「多様な個性」という言葉に甘えて
自分の性格を変える必要性から目を背けている

このままいけば　彼女を待っているのは　貧困の果ての孤独死だろう
これも不幸ではないと「多様な死に方」があっていいのだと
彼女に言い張るつもりなのか？

オワッた人

モデル「あの人は今」という番組が復活したら、真っ先に紹介されそうな人たち　全員四四歳

かつて　時代を席巻《せっけん》した　大物ミュージシャン
希少価値を高めるためか　テレビには滅多《めった》に出演しない
新作の宣伝もほとんどせずに　リスナーの飢餓感を煽《あお》って　大ヒットを連発
どこか謎めいていて　世間に迎合《げいごう》しない姿勢が格好良いと
大衆に熱狂的に支持されていた
たまに歌番組に出れば　それだけで大きな話題になった

数年後　久しぶりのテレビ出演
ところが　番宣や新聞のテレビ欄では　ほとんど触れられず
今流行《はや》っている新進気鋭のミュージシャンの情報ばかり
特別扱いされないことに　一部のファンは腹を立て　失礼だとＳＮＳに書き込む
既に　若い世代は知らなかった　上の世代からも忘れ去られていた

過去の栄光の残像に惑《まど》わされて
長年のファンは　変わりゆく現実を　受け入れられないみたい

かつて一世《いっせい》を風靡《ふうび》した　大物女優
高視聴率を連発し　様々な雑誌のランキング特集では上位を独占していた
その後　充電期間と称して　しばらく活動を休止した

数年後　久しぶりのドラマ復帰
飛ぶ鳥を落とす勢いの　注目株の若手女優と初共演
ところが　画面に大きく映し出された大物女優と若手女優の並んだ顔を見て
老けた　劣化した　加齢には抗《あらが》えない　世代交代やむなし
などと別の意味で大きな話題に
失望したとSNSに書き込まれた
過去の栄光の残像に惑《まど》わされて

視聴者は　変わりゆく現実を　受け入れられないみたい

さて　その大物ミュージシャンや大物女優なのだが
本人たちも　落ち目だと思い知ったのか
最近　やたらとテレビで見かけるようになった
歌番組やドラマだけでなく　以前ならありえなかった　バラエティー番組にまで
ところが　逆にそれが　固定ファンからは
必死さが痛々しい　安売りはしてほしくなかった　価値が下がる　今更もう遅い
などとSNSで落胆されている

ああ　栄枯盛衰　盛者必衰
この世の定めからは誰も逃れられない
あの新進気鋭のミュージシャンや注目株の若手女優も　数年後には同じ目に遭うのだろう
ああ　かなしき　この無常なる浮き世よ

純愛の定義

モデル　他人との適度な距離感を保つのが苦手な人　全員三二歳

「最近はどう？　迷ったりつまずいたりするときもあるだろうけど
君の存在を励みにして　君のことを思い浮かべながら頑張るよ
お互いに支え合って乗り越えていこう！」
「明日は○○（重要なプレゼンや試験などの名称が入る）だね
上手くいくように応援しているよ」
「○○はどうだった？　お疲れ様！　一日中気になってしまって
仕事があまり手につかなかったよ」
「早く会いたいな　またいろいろ話を聞かせてね　僕も伝えたいことがいっぱいあるよ」
……
以上は　両想いの相手から毎日送られてくるメールの内容（一部）
温かくて　優しい　素敵な関係だ

「最近はどうですか？　大変なことも多いですが
あなたの顔を思い浮かべると自然と力が湧いてきます
お互いに励まし合って乗り越えていきましょう！」
「明日は○○（重要なプレゼンや試験などの名称が入る）ですね
上手くいくように祈っています」
「○○はどうでしたか？　お疲れ様です　一日中心配していたので
仕事があまり進まなかったです」
「また会いたいです　いろいろお話を聞かせてほしいです
僕も伝えたいことがたくさんあります」

……
以上は　一方的に好意を寄せられている相手から毎日送られてくるメールの内容（一部）
しつこいし　気持ち悪い　終わらせたい関係だ

「世界で一番大切で愛しいあなたへ　あなたと出逢えて　選んでくれて
同じ出来事で笑ったり泣いたりして　本気で向き合ってくれて
本当に、本当にありがとう　あなたがいつも傍《そば》にいてくれる生活を心から幸せに思いますただ、ただ大好きです　また一緒に温泉入ろうね」

……
以上は　新婚夫婦の間で毎日やり取りされているメールの内容（一部）
読んでいるこちらまで何だか嬉しくなってくる

「世界で一番大切で愛しいあなたへ　あなたと出逢えて
こんな風に本気でぶつかり合って求め合って
人を好きになったのは初めてかもしれません
私はあなたのおかげで　愛することの真の意味や覚悟を知りました
あなたを心から深く深く欲していることを幸せに思います
ただ、ただ大好きです　また一緒に温泉入ろうね」

……
以上は　不倫関係にある男女の間で毎日やり取りされているメールの内容（一部）
読んでいるこちらまで何だか腹が立ってくる

しかし　ほぼ同じ文意で　全く同じ愛情の強度なのに

前者は美しくて　後者は汚《けが》らわしいとされる
前者は正しくて　後者は間違いとされる
後者の人だって　ただ純粋に相手のことを想っているだけなのに

その「いつか」は来ない

モデル　子どもの頃に、夏休みの宿題を後回しにしていた人　三七歳

いつかまた　そのうち　愚痴でも聞いて励ましてやろうなんて思っていたけれど
日常のあれこれに忙殺されている間に　職場の雰囲気に耐え切れず
自信もなくしていた同期生は自死してしまった
ああ　もっと早く話を聞いてあげれば　最悪の事態は回避できたかもしれないのに
悔やんだって　あとの祭り

いつかまた　そのうち　褒《ほ》めてやろうなんて思っていたけれど
日常のあれこれに忙殺されている間に
仕事の大きなミスから立ち直りかけていたはずの部下は退社してしまった
ああ　もっと早く声を掛けていれば
キャリアに傷をつけずに済んだかもしれないのに
悔やんだって　あとの祭り

いつかまた　そのうち　飯でも喰おうなんて言っていたけれど
日常のあれこれに忙殺されている間に　信じ合える友は急死してしまった
ああ　もっと早く誘っていれば　さよならの言葉を伝えられたのに
悔やんだって　あとの祭り

いつかまた　そのうち　顔を見せに立ち寄りますなんて言っていたけれど
日常のあれこれに忙殺されている間に　自分を更正させてくれた
療養中の恩師は病死してしまった
ああ　もっと早く見舞っていれば　立派になった今の姿を見てもらえたのに
悔やんだって　あとの祭り

いつかまた　そのうち　礼を言おうなんて思っていたけれど
日常のあれこれに忙殺されている間に
仕事で何かと世話になったスタッフは異動してしまった
ああ　もっと早く　照れずに感謝の気持ちをかたちにしていれば
そっけない同僚だったと思われずに済んだのに

悔やんだって　あとの祭り

いつかまた　そのうち　謝ろうなんて思っていたけれど
日常のあれこれに忙殺されている間に　最愛の君は家を出て行ってしまった
ああ　もっと早く　照れずに本当の気持ちを打ち明けていれば
出会った頃のように　君とやり直せたかもしれないのに
悔やんだって　あとの祭り

いつかまた　そのうち　告白しようなんて思っていたけど
日常のあれこれに忙殺されている間に　気になり始めていた　中途採用のかわいい娘《こ》を
同じ部署の後輩が先に射止《いと》めてしまった
ああ　もっと早く　照れずに連絡先を交換して　デートにこぎつけていれば
今頃は　新しい恋人と　新しい人生（しかも刺激的な）をやり直せたかもしれないのに
悔やんだって　あとの祭り

「いつかできる」と　どこか余裕でいたけれど
その「いつか」は　永遠に来なかった

雲と泥と

モデル　些細《ささい》な事で傷つきやすく、過去をいつまでも引きずるタイプの人　三四歳

あなたのパートナーが　性格の悪い人だったらいいのに
そうしたら　彼女をけなして「あんな人とは早く別れた方がいいわ」って勧められるから
ところが　一本筋の通った　好印象な　スバラシイお人なのよね　これが

あなたのパートナーが　ブサイクで冴《さ》えない中年だったらいいのに
そうしたら　彼女が意外に身近な存在だって感じられて　安心できるから
ところが　彼女は　可愛いらしくて　賢い　スバラシイお人なのよね　これが

あなたのパートナーが　悶々《もんもん》とした毎日を送っていたらいいのに
そうしたら　彼女が苦しむ姿を思い浮かべて　少しは気が紛《まぎ》れるから
ところが　彼女は　快活で　互いに支え合い　感謝の気持ちを忘れない
スバラシイお人なのよね　これが

あなたは　どんな時に会っても　左手の薬指に指輪をしているけど
普段の職場でも飲み会の場でも　パートナーとの馴《な》れ初《そ》めは一切口に出さないよね
それが逆に　私たち同僚との付き合いとは一線を画《かく》した場所で
強く結びついていることを想像させるの　それが羨《うらや》ましくて　何か悔しい

あなたたちは　まるでドラマみたいな理想的なカップル　安定感抜群《ばつぐん》で　完璧な二人
私と彼女を比較すれば　負けたって認めざるをえない　付け入る隙《すき》なんてありゃしない

私は　表面的には　あなたたちの良き理解者
今日も遠くから温かく見守っている振りをしている
でもね　頭の中では無理だと分かっていても
心のどこかで　万が一でも　何か重大な問題が起きて
破局する日を待っている自分がいるの
彼女が不幸になる日が来るのを期待する気持ちが　どうしても湧いてくるの

（後日談）

結局　学生時代からずっと　私が結ばれたいと心から望んだ男性には
ことごとくスバラシイ恋人やパートナーがいた
結婚適齢期と呼ばれる年齢を過ぎて焦り始めた頃
今の旦那とは　異動で同じ部署に配属されて知り合った
互いに恋人も長い間いなかったし　出会いも少ない職場だった
彼は　性格も学歴も営業成績もそれほど悪くなかったので　二人は社内結婚したの

ところが　私たち夫婦は　新婚の間は　まだ充《み》たされていて良かったものの
もともと互いに　恋愛経験が少ない方だったから
相手と歩調を合わせながら生活することに慣れていない
もともと互いに　焦ってくっついた仲だから
愛情が冷めていくのに　さほど時間はかからなかった

早く終われ

モデル　ご近所付き合いが、昔から上手くいかない人　六八歳

梅雨は　雨が多いから嫌　早く夏が来てほしいと　不満を漏《も》らす
夏になったら　今度は　暑い日が多いから嫌　早く秋が来てほしいと　また不満を漏らす
秋になったら　今度は　台風が多いから嫌　早く冬が来てほしいと　また不満を漏らす
冬になったら　今度は　寒い日が多いから嫌　早く春が来てほしいと　また不満を漏らす
春になったら　今度は　年度の変わり目で慌《あわ》ただしいから嫌　早く春が過ぎてほしいと
また不満を漏らす
梅雨になったら……（以下　繰り返し）

よく考えてみたら　一年中不満を言い続けている
結局　自分を満足させてくれる季節なんて存在しなかった

学生時代は　早く大人になり　授業やテストから解放されて
自分で稼いだお金で　好きなことをして生きたいと　愚痴をこぼす
就職したら　今度は　社会的な責任はあまりないが
自由な時間はそれなりにあった学生時代に戻りたいと　また愚痴をこぼす
中堅になったら　今度は　早くベテランになって
若い連中に仕事を押し付けて　楽をしたいと　また愚痴をこぼす
ベテランになったら　今度は　早く定年退職して　労働から解放されて
好きなことだけをして　悠々自適に暮らしたいと　また愚痴をこぼす
老後を迎えたら　今度は
勤務がなくなって緊張感や刺激が減り　時間を持て余すようになって
社会人時代に戻りたいと　また愚痴をこぼす

よく考えてみたら　一生愚痴を言い続けている
結局　自分の望み通りになった時代なんて存在しなかった

同じく学生時代は　孤独が何よりも怖かった

愛される自信がなくて　人間関係を築くのが苦手で
気が付けば　食事も映画も旅行も　一人で行くことが多かった
たまに飲み会に誘われても　話の輪に入れずにいた
もっと誰かと濃密に関わりたかった　親友や恋人が欲しかった

社会人になると
否《いや》が応《おう》でも　しがらみや複雑な人間関係の渦中《かちゅう》に投げ込まれた
打ち合わせ　報告　相談　会議　会食　外部との折衝《せっしょう》　メールのチェック　苦情処理……
日々の様々なつながりに　心はすっかり疲弊し消耗
すると　気を遣《つか》いっぱなしの人付き合いから距離を置いて
一人になりたい　休日は誰とも話したくないと思うようになり
あれほど恐れていた孤独が　今度は欲するものに百八十度変わった

定年を迎えて老後は
やっと人との交わりから逃れて　一人になれる時間が増えた
誰とも喋《しゃべ》らないまま　一日が終わることもしょっちゅうだ
すると　また寂しくなって　誰かと濃密に関わりたいと思うようになり

あれほど欲していた孤独が　再び恐れるものに百八十度変わった
よく考えてみたら　いつも　ないものねだりをしている
結局　孤独と上手く付き合えた年代なんて存在しなかった

若い頃は　早く歳を取りたいと思っていた
経験や実績が少ないから　貫禄がないし　言葉に重みもないし
顧客や先輩からは軽く見られるし……
髭を生やした　深みのある　渋い感じの中高年に憧れていた
歳を取ると　今度は　写真や鏡に写る　次第に老けていく自分の容姿に焦り始め
健康や体力が衰えていくのを痛感するようになり
若い頃の自身の肉体を羨《うらや》み　これ以上歳を取りたくないと
百八十度違う自分を欲するようになった

よく考えてみたら　一日一日を生き急いでばかりで無駄にしている
結局　人生を謳歌《おうか》したと胸を張って言える瞬間なんて存在しなかった

ありのままでは受け入れられない

モデル　バランス感覚がなさすぎる人　二四歳

例えば
「甘えん坊　八方美人　優柔不断　自己中　虚栄心の塊《かたまり》　意志薄弱な怠け者
引っ込み思案　事なかれ主義　神経症で完璧主義　悲観論者……」
自分で自分を評価しようとすると　どうしても短所ばかりに目がいってしまうし
それらが自分の全てなんだと拡大解釈してしまいがち
自分の短所ばかり見ていたら　自分が価値のない人間に思えてきて　自殺したくなった

だからと言って　逆に
「強い責任感　几《き》帳面　慎重　素直　謙虚　優しい　協調性と柔軟性に富む……」
自分の長所（と思われる点）だけを意識的に取り出し
（参考：就活応援サイト「面接で短所を長所に言い換える方法」）
それらを呪文のように反復して

自分の長所ばかり見ていたら　調子に乗りすぎて　ただのナルシストになった
長短を含めた　リアルな自分を　正確に認識して
ありのままの自分を肯定することは　かくも難しい

例えば
「強いリーダーシップ　コミュニケーション能力と行動力がピカイチ　頭の回転が速い
要領が良い　チャレンジ精神とホスピタリティが旺盛《おうせい》　社交的で情熱的
前向き且つ負けず嫌い……」
自分が他人を評価しようとすると
どうしても自分にはない要素ばかりに目がいってしまって
周りが皆　強そうに　幸せそうに見えてしまう　羨《うらや》ましくて　怖くもなる
社会の中で　他人と対等に付き合っていく自信がなくなって　やっぱり自殺したくなった

だからと言って　逆に
「権利ばかり主張する　周囲の迷惑を顧《かえり》みない　自己愛が強い
攻撃的でキレやすい　情緒不安定　すぐ人のせいにする……」

他人のあら探しを始めると
いいところが全く見えなくなり　非難したくなる
憎き敵に見えてきて　この社会から排除しなければという　歪《ゆが》んだ正義感が芽生《めば》えてくる
長短を含めた　リアルな相手を　正確に把握して
ありのままの姿で愛することは　かくも難しい
いつまで経っても　人間は　自分に対しても　他人に対しても　いがみ合ったまま

自分のことは棚に上げて

モデル　友達が極端に少ない人　二七歳

あなたの周りに　こんな人はいませんか?
どうか温かい目で見てやってください
実は　意外と　彼のような人物は珍しくないと思うのです――

トシヒロは　結婚願望がないわけではない　周りにいい人が全くいないわけでもない

しかし　トシヒロが言うには
サユリは「性格や価値観は合うんだけど　色気のない点がだめ」
スミレは「頑張り屋さんだけど　不器用な点がだめ」
カオリは「美人だけど　気配りが足りず　職場での評価が低い点がだめ」
ユイは「頼りになるし仕事もバリバリこなすけれど　気の強い点が自分とは合わない」
カズコは「穏やかで一緒にいて落ち着くけど　もっと明るくて刺激が欲しいからだめ」

マリエは「ただ一つ　身の回りの整理整頓が苦手な点が　どうしても受け入れられない」
アヤカは「総じて平均値には達しているけれど　何か一つ飛びぬけた魅力のない点がだめ」

そういう点では　減点する要素が最も少ない　マユミが一番になるのかと思いきや
「出会った時には　既にバツイチだったからだめ」
……なのだそうだ

トシヒロはよくボヤいていた
「ああ　僕が心から愛せる女性は　いつまで経っても現れない」と

どうやら　トシヒロは　大いなる勘違いをしていることに気付いてないようだ

実際には　トシヒロのいないところで
サユリは彼のことを「冴《さ》えない風貌《ふうぼう》のくせに　面食いな点がだめ」だと言っている
スミレは彼のことを「物臭《ものぐさ》でどんくさいくせに
何事もてきぱきとこなす女性が好みだと公言している点がだめ」だと言っている
カオリは彼のことを「自分の都合しか考えていないくせに

職場で誰からも好かれようと立ち振る舞っている点がだめ」だと言っている
ユイは彼のことを　「決断や指示を他人に丸投げして
自分に責任が降りかからないように立ち回る点が　自分とは合わない」と言っている
カズコは彼のことを　「たいした個性もないくせに
華のある人気者を追いかけている点がだめ」だと言っている
マリエは彼のことを　「ただ一つ　厄介《やっかい》な場面に出くわすとすぐ逃げようとする点が
どうしても受け入れられない」と言っている
アヤカは彼のことを　「自分が相手からどう見られているのか
真剣に分かろうとしない点がだめ」だと言っている
マユミは彼のことを　「永遠に結婚できない」と言っている

そして　全員が共通して　こうも付け加えていた
「彼は　自分のことは棚に上げて　相手に完璧を求めてばかりいる」と

高い理想を捨てられずに

モデル　〝コミュ障〟が疑わしい人　三八歳

あなたの周りに　こんな人はいませんか？
どうか温かい目で見てやってください
実は　意外と　彼のような人は珍しくないと思うのです――

彼は　一日中薄暗い自宅の寝室に閉じ籠《こも》って
「理想の恋人の条件とは何か」を思案して　箇条書きにするタイプの男だ
しかも　相手に求めるものが　いろいろと細かくて　やたらとうるさい
それは　大きく三つのカテゴリーに分けられるという

まずは　何と言っても　見た目や外見だ
ここが基準値に達していないと　あとの条件を全てクリアしていたとしても

彼の心は一ミリたりとて動かない　いわば大前提なのだ
「すらっとした体型に　上品で落ち着いたファッション
派手すぎないメイクに　パッチリ二重の小顔　真っ白い歯に肌も艶々《つやつや》
有名人で例えると
毎朝　帯の情報番組に出ている　キャスターの○○みたいな清潔感のある美人
（実名は伏せる）」なんだってさ

彼には忠告してやった
「そんな人は　勤務先のどこの部署を探してもいない
街中を探したって　おそらく見つからない」と
「それに　自分の顔を鏡でちゃんと見たことはあるのかい　その程度のルックスで
そんなことを言っている自分が恥ずかしくならないのか」と
でも　彼は　理想を捨てられずにいる　現実の世界に妥協できない
妄想の中で作り上げた　自分の姿が本物だと信じ込んでいるようだ

次は　性格や価値観だ
「いつでも明るくてポジティブ　優しくて奥ゆかしい　ひたむきで一途《いちず》な頑張り屋さん

気配りができて誠実　趣味や嗜好《しこう》が合致する
有名人で例えると
今年の『恋人にしたい芸能人』や『好感度の高い芸能人』ランキングで
第一位になった清純派女優の◯◯みたいな人（やはり実名は伏せる）」なんだってさ

彼には忠告してやった
「そんな人は　君が出会う前に　周りが放っておかない
とっくに〝完売〟して誰かのものになっている」と
「それに　自分の人気がどのくらいあるのか　ちゃんと数えてみたことはあるのかい
万人から気に入られるタイプでも　目立つタイプでもないくせに
そんなことを望んでいる自分が恥ずかしくならないのか」と
でも　彼はなかなか理想を捨てられずにいる　ハードルを下げるなんて許せない
妄想の中で作り上げた　他人の姿が本物だと信じ込んでいるようだ

最後は　〝生活力〟だ
「料理上手で　掃除や洗濯をこまめにやる　部屋はいつでも整理整頓されている
無駄遣いせずにせっせと貯金をし　家計の管理に長《た》けている

おまけに学歴も高いのなら　なお良し
有名人では　すぐに思い浮かばないけど
例えば　家では　朝から晩まで　上下スウェットを着て
髪も軽く束ねているだけで　黒縁眼鏡をかけて　スマホをいじりながら
ゴロゴロしているような〝生活感丸出し〟なのはごめんだね」なんだってさ

彼には忠告してやった
「そんな人は　二次元の中か　君のおめでたい頭の中にしか存在しない
目の前で生きている生身の人間を　ちゃんと理解しようとしたことはあるのかい」と
「そもそも　長所も短所もひっくるめた人間を　丸ごと愛したことなんてないくせに
そんなことを欲している自分が恥ずかしくならないのか」と
でも　彼はまだ理想を捨てられずにいる　不相応だと認めたくない
妄想の中で作り上げた　世界の姿が本物だと信じ込んでいるようだ

以上の三つは　あくまで基本的なカテゴリーに過ぎず　細かく挙げればまだまだある
「仕事ができて職場での評判が良い　笑顔が素敵で誰からも好かれている
学生時代は生徒会役員か学級委員長　若《も》しくはそれに準ずる中心的な役割を担《にな》っていた

裕福な家庭で育ったお嬢様で　彼のよき理解者である……（以下省略）」なんだってさ

先日　同僚を介して　知人を紹介してあげた
彼には相応しい　実に釣り合いの取れている女性だと　自信をもってお勧めしたのに
彼は「悪くはないけど　何か違うんだ」とか　偉そうなことをほざいて断ってきた
彼はもう三十代後半　そんな悠長なことを言っていられる立場か
でも　彼はどうしても理想を捨てられずにいる　自分を客観視できないようだ

「何もかも君にとって都合の良い　そんな人いるわけないよ」って
何度も忠告したのに　全く聞く耳を持とうとしないんだ
端《はた》から見れば　彼は　無理して背伸びをし　遠くばかりを見て
周りに素敵な女性がいることに気付かない　面倒臭い奴
彼は相変わらず　こだわりを捨てきれずにいるし
リアルな女性と一向《いっこう》に向き合おうとしない　もはや滑稽《こっけい》に映るよ
結局　彼は　一生独りぼっちで
数十年後　薄暗い自宅の寝室で孤独死しているのが発見されたのさ

「君はそれで幸せだったのかい？」って　最期に聞いてみたかったよ

逆だったら良かったのに

モデル　義憤《ぎふん》に駆られやすい人　四一歳

私のかつての恋人は
気だての良い　優しい人でした　いつも朗《ほが》らかで　上品且つ謙虚で
周りの雰囲気を和《なご》ませてくれる　とても素敵な人でした
でも　ある日突然　事件に巻き込まれて　命を落としました
私は思わず叫びました「こんなのおかしい」と
この世の中には　もっと他に　下品且つ傲慢《ごうまん》で
相手を不快な気持ちにさせてばかりいる人なんてたくさんいるのに
なぜその人たちが死ぬのでなくて　あの人が死ななければならなかったのかと
逆だったら良かったのに

私のかつての恩師は
生徒想いで　厳しさの中にも愛情があり

経験や定石《じょうせき》に囚《とら》われずに　最新の手法を貪欲《どんよく》に取り入れ
向上心の塊《かたまり》のような　とても尊敬できる人でした
でも　ある日突然　自然災害に巻き込まれて　命を落としました
私は思わず叫びました「あってはならないことだ」と
この世の中には　もっと他に　たいして情熱も信念もない
研鑽《けんさん》を積もうともしない　教育者や指導者なんてたくさんいるのに
なぜその人たちが死ぬのでなくて　あの人が死ななければならなかったのかと
逆だったら良かったのに

私のかつての友人は　真面目で誠実な人でした
悪口や陰口など耳にしたことがない
多くの部下から信頼され　仕事も家族サービスも一生懸命な　周りに敵の少ない人でした
でも　ある日突然　病魔に憑《と》りつかれ　若くして命を落としました
私は思わず叫びました「人生は不公平だ」と
この世の中にはもっと他に　文句や屁理屈《へりくつ》ばかり並べ立てて
誰かを助けようともせず　集団の役に全く立っていない人なんてたくさんいるのに
なぜその人たちが死ぬのでなくて　あの人が死ななければならなかったのかと

逆だったら良かったのに
不謹慎《ふきんしん》だと分かっていながら
湧き上がってくる数々の疑問を　抑えることができませんでした

死ぬほどの極端なケースではないにしても　まだあります

私が先日投票した政治家は
知名度こそ高くないものの　クリーンで　政策通で　社会的弱者に寄り添い
国民生活の向上のために身を粉にする人でした
でも　落選し
利権と疑惑にまみれた　議会でもよく寝ている　大政党の世襲政治家が当選しました
なぜその人が当選して　あの人が当選しないのでしょうか
民主主義や政治とは　実にあべこべです　逆だったら良かったのに

私が昔から好きなミュージシャンや作家や映画監督は

斬新《ざんしん》且つ奥の深い良作を　次々と発表しています
でも　全然売れず　注目もされません
大手事務所の出身者が発表する　似たり寄ったりの作品が相変わらず話題になっています
なぜその人たちが売れずに　あの人たちが売れるのでしょうか
ほとんどの宝物は　発見されずに　埋もれて消えていきます　逆だったら良かったのに

私の現在の同僚は
片方は結婚していて　もう片方は独身なのですが
前者は　小言《こごと》が多く　与えられた仕事を機械的に処理したら
さっさと退勤してしまう人なのです
後者は　責任感やリーダーシップがあって
面倒な仕事でも嫌な顔をせずに引き受けてくれる　職場には欠かせない人なのです
なぜその人が結婚できて　あの人が結婚できないのでしょうか
意外とこういう人って　あなたの身近にもいませんか
ああ、もう！　一体全体　どいつもこいつも　どうして逆ではないの

でも　目の前で起こったことに対して

理不尽だと私が何度も叫んでみたところで　何も変わりませんでした
事実は事実として　今日もありのままの形で存在するだけでした

何か楽しみでもあれば……

モデル　相手の領域にも土足で入っていける人　二三歳

早く死にたい　もう死にたい　今すぐにでも自殺してやるわ！
……でも
好きなアイドルグループの新作の発売日までは　とりあえず生きてみよう
今ハマっているドラマの最終回を見るまでは　とりあえず生きてみよう
同級生と久しぶりに会う約束をしている日までは　とりあえず生きてみよう
漫画のコミケが開催される日までは　とりあえず生きてみよう
やり始めたオンラインゲームをクリアするまでは　とりあえず生きてみよう
海外旅行を計画している次の長期休暇までは　とりあえず生きてみよう

死のうと思ったけど
芸能ニュースを賑《にぎ》わしている　不倫からの泥沼離婚裁判の顛末《てんまつ》が気になるから
とりあえず生きてみよう

応援している地元のプロ野球チームとプロサッカーチームの
今年の戦績を見届けるまでは　とりあえず生きてみよう
次のオリンピックとワールドカップを観戦するまでは　とりあえず生きてみよう
お菓子とスイーツを食べ飽きるまでは　とりあえず生きてみよう
取り掛かった新規プロジェクトを終わらせるまでは
（さすがに同僚に迷惑が掛かるし　それだけは責任をもってやらないとね）
とりあえず生きてみよう
異動先の職場で　運命の出会いが待っているかもしれないから
とりあえず生きてみよう……
死ぬのは　それからでも遅くはないわ！

（そんなことを繰り返していたら
あれほど死にたいと連呼していたのに
気が付いたら　この女性は　最期まで人生を全《まっと》うしていたのであった）

陽だまりでエロス？

モデル　愛情深い者同士なのに、なぜか対立している男女　共に四〇歳

彼は　律儀《りちぎ》で慎《つつ》ましく暮らす小市民
半径十メートル以内で起こる　ささやかな出来事を日々慈《いつく》しみながら生活している
奥さんとは　近所でも評判のおしどり夫婦で
結婚十五年目を迎えても　新婚の頃と変わらず
平均して週に二、三回はセックスを楽しんでいる
月に最低一回は子どもを実家の両親に預《あず》け　オシャレをしてデートをしている
「いってきます」「ただいま」のチューも新婚の頃から欠かしたことはない
台所で夕食の支度《したく》をしている奥さんを
未だに背後から抱きしめて「いつもありがとう」なんて呟《つぶや》いたりする
勤務時間中にもかかわらず　ふと「早く帰ってセックスがしたい」と
奥さんの裸体と昨晩の柔肌の感触を思い返しては
中年になった今でも密かに勃起《ぼっき》している

そんな彼は　三連休以上あれば
家族皆と各地の観光地やキャンプ場へ出かけ　新しい思い出づくりに精を出している
普段の週末は　三人の子どもの習い事の送り迎え
大会やコンクールの応援とやらで何かと忙しい
どこでも子どもの写真や動画を撮りまくり　メモリいっぱいに貯《た》めこんでいる
奥さんと子どもたちをこよなく愛し　彼にとっては　家族の幸せがすべて　一番なのだ
「目の前にいるかけがえのない人々のために生きる」
それ以外に望むものなんて彼にはなかった

彼女は社会運動に熱心
彼女を突き動かしているのは「一人でも多くの人々を救いたい」という博愛精神
休日は　市民の生活や権利の向上　労働環境の改善や反戦・反核を求めて
進んで集会やデモ行進に参加したり　陳情書の署名を集めたりしている
NPO法人の一員として　地域では　ホームレスの人々に食料を届けたり
発展途上国から来た留学生や労働者のためにバザーを企画したり

暮らしの相談窓口のボランティアをしたりしている
海外の恵まれない子どもたちのために
毎月の給料から　国際機関や公益社団法人に　一万円ずつ寄付もしているそうだ
そんな彼女だが　実は独身
朝から晩まで　世のため人のために活動した後は
誰も待っていない自宅へ一人帰っていく
彼のように家族の写真が部屋に飾ってあるわけではない
セックスだってもう随分《ずいぶん》と長い間していないはずだ

実は彼と彼女は同じ大学出身で　しかも同期入社
折に触れて　彼女は　彼に苦言を呈《てい》する
「あなたとあなたの家族が幸せだったらそれでいいの？
身の回りのことだけでなく　広く社会や政治の問題にも目を向けてほしい」
「社会の仕組みが良くならなければ　政治の在り方が変わらなければ
暮らしにくい世の中になって　巡り巡って
あなたが一番大切にしている家族の幸福も　やがて奪われてしまうわ」

「是非　私たちと一緒に活動しましょう　日本中　そして世界中の人々の平和のために」と

すると彼は

「君は　遠くにいる人ばかり大切にし　すぐ近くにいる人を大切にしない」

「君は凄いと思うし尊敬もするけど　そういう生き方は自分にはできない」

「君もいつか　心の底から燃えるようなセックスのできる相手が見つかれば

　僕の気持ちがきっとわかるはずだよ」とすぐさま反論する

このやり取りを偶然見かけた同僚たちは

「世間からの評価でいえば　彼女の方が高いかもしれない」

「でも　心の底では彼のような生き方を

　誰しも羨《うらや》ましいと感じているのではないだろうか」

「あなたなら　どちらの生き方をお望み？」

などと無責任に論評し合っていた

II

迷いながらも「セックス」よりは「世界平和」を選ぶ人達

私は屈しない

モデル　ユートピアの実現を夢見る活動家たち　推定二十〜三十代

（反テロリストの主張）
世界の平和と安定を脅《おびや》かす　テロリストには屈しない　必ず捕まえて　法の裁きをくだす
テロ組織への資金・人・武器の流れを断つために国際的な協力を進める
貧困を削減し　教育を充実させ　テロが生まれる土壌を地球上から除去する……
これは　正義の実現だ　正義のための闘いなんだ
この身を捧げても　守るべき価値のあるもの
だから　どんな妨害があっても困難があっても　私は決して諦《あきら》めない
私のやっていることは　必ず世界中の人々を幸せにするのだ

（テロリストの主張）
世界の平和と安定を脅《おびや》かす　抑圧者には屈しない
必ず成敗《せいばい》して　悪の大国に打撃を与える

奴等《やつら》は　社会的弱者を放置し　貧富の格差を拡大させ　民族の誇りを踏みにじった
不公正を是正する支配者との闘争は　多くの苦しむ同胞を救うだろう
一般市民に迷惑をかけているなんて全く思っていない
これは　正義の実現だ　正義のための闘いなんだ
この身を捧げる価値のある　尊い使命なんだ
だから　どんな妨害があっても困難があっても　私は決して諦《あきら》めない
私のやっていることは　必ず世界中の人々を幸せにするのだ

「私は正義だ」と固く信じる同士が対立している
だから　どんなに話し合ったとしても　永久に分かりあうことはない
「正しいこと」をやっているのに
どうして相手に妥協したり　自分の行いを悔い改めたりすることがあろうか？

運も実力のうち？

モデル　似た者同士なのに、対照的な人生を歩んでいる人たち　全員三五歳

彼らは　アーティストとして　駆け出しの頃から　良きライバルだった
高いクオリティを維持し　常に新しい表現方法を模索し続け
甲乙つけがたい　良作を量産していた
しかし　片方は　インフルエンサーの目に留まり　話題となって
今や押しも押されぬ人気者となり　もう片方は　未だに無名のまま

ある日　売れっ子となった彼に　記者が成功の秘訣《ひけつ》をインタビューすると
彼は　「実力があるのはもちろんだけど　それだけは足りない
僕は偶然　自分の才能を見出して　応援してくれる人とめぐり会えた
僕は出会いに恵まれた　でも　それって運次第だ
自分でコントロールできるものじゃない　僕は運が良かっただけだ
素晴らしい作品を発表し続けているのに　日の目を見ないアーティストを

僕はたくさん知っている」と答えた

彼女たちは　駆け出しの頃から　互いに認め合う　仲の良い同僚だった
べっぴんさんとは言い難いけれど　仕事はできるし　性格も問題ない
甲乙つけがたい　職場の二枚看板だった
しかし　片方は周囲も羨《うらや》むおしどり夫婦で　もう片方は未だに独身のまま

ある日　未婚の彼女が　夫婦円満の彼女に恋愛相談を持ち掛けると
「あなたの人格に致命的な欠陥なんてないわ　でも　それだけでは不十分
私はたまたま　相性が抜群《ばつぐん》だった今の旦那とめぐり会えた
私は出会いに恵まれた　でも　それって運次第なの
ほら　ご縁があるとかないとかって昔からよく言われるじゃない
良い相手がいれば　すぐにでも結婚できそうなのに　燻《くすぶ》っている女性を
私は少なからず見てきた」と答えた

売れない彼と　おひとりさまの彼女は

「どれほど頑張っても　善い行いをしても　報《むく》われるとは限らないのか……」
そんな人生の厳しさと虚《むな》しさを噛《か》みしめながら
いつか自分にもスポットライトが当たる　そんな日が来ることを夢見て
今日も独り闘っている

いいひとの末路

モデル　レストランでメニューを選ぶ際に、時間のかかる人と即決する人　共に四二歳

彼は　真面目でいいひと
周りからの批判や要望を何でも聞き入れようとしてしまう
傾聴するフリをして　適当に聞き流すことができない
時には全く対立する考えであっても　自分の本心とは真逆であっても
ＮＯと言えずに
全ての意見を取り入れようと　全員が満足する解答を見つけようと四苦八苦する

彼は　真面目でいいひと
誰もが敬遠するポストでも　断れずに引き受けてしまう
その結果　彼に仕事が集中する
でも彼は「これ以上は無理」だと言えない
他人の期待に何とか応えようと　能力以上のことをやろうとしてしまう

彼は　真面目でいいひと
常に健康よりも仕事を優先　多少体調が悪くても　それを隠して出勤する
他の社員にしわ寄せが行くことに　罪悪感があるのだ
部下には「健康に気を遣《つか》って　できるだけ早く帰って」とか言うくせに
自分は深夜まで一人残業している

彼は　真面目でいいひと
意外と多趣味で
旅行　映画鑑賞　草野球　カメラ　読書　アコースティックギター……
やりたいことがたくさんある
でも　週末は　そんな趣味を全て犠牲にして
平日にやりきれなかった仕事に取り掛かる　ノルマが頭から片時も離れないのだ
部下には「自分の時間を大切にして　プライベートを充実させて」
とか言うくせに　自分は一人で休日出勤している

彼は　真面目でいいひと

実は独身で　毎日が忙しくて恋愛する暇なんてなかった
だったら社内で探せばいいのに　職務に支障を来《きた》すという理由で　自ら禁じていた
中年になっても
「僕はまだ半人前　仕事で一人前になるまでは　結婚する資格なんてない」
なんて青臭いことをぬかしている　風俗にだって行かない
部下には「仕事一色の人生ではダメ　恋人を作って　生活に潤《うるお》いを」
とか忠告するくせに　他人の心配ばかりして　自分のことは後回しさ

数年後　彼は帰宅途中に突然倒れて　帰らぬ人になった
でも　周りからは　ただの仕事好きだと思われていて
いち早く異変に気付いて　助けてくれる人はいなかった
いいひとだったのに　憐《あわ》れな末路《まつろ》だ

うちの職場には　もう一人　対照的な社員がいる
彼は　気が強くて　口が達者なひと

自分の意見や要望を　何が何でも押し通そうとする
批判されれば　倍にして言い返してくる
責任あるポストに就けようにも
「こんなことできるか」と人事に不満を並べ立て　扱いが面倒臭いから
そもそも割り振られない
「職場のご意見番」を自称し（誰も望んでいないけど）　口は軽いが腰は重い
文句はあれこれ言うくせに　多くの人手が必要な　面倒臭い業務が入ると
理由をあれこれ付けて　手伝おうとせず　早く退社してしまう
「生来《せいらい》の女好き」を自称し　社内で不倫しているとかしていないとか……
彼は　ある意味　思い通りの毎日を謳歌《おうか》している

でも　誰も彼を羨《うらや》ましがらない
陰口を散々叩《さんざんたた》かれて　心を許せる友達も皆無
皆　波風を立てずに気持ち良く仕事がしたいから　仕方なく表面上合わせているだけ
そのことに彼も気付いていない
結局　どちらも憐《あわ》れだ

正しい人

モデル　「そんなの常識じゃん」と言われると、カチンとくる人　四三歳

中学生の娘が机上に置きっぱなしにしていた　道徳の教科書をふと覗《のぞ》いてみると
そこには　学ぶべき内容項目が　小さな印字で　びっしりと列挙されていた

「正直に明るい心で生活し　自主的に考え判断し　誠実に実行してその結果に責任を持つ」
「心身の健康の増進を図り　節度を守り節制《せっせい》に心掛ける」
「自己の向上を図り　個性を伸ばして充実した生き方を追求する」
「より高い目標を設定し　希望と勇気をもち　困難や失敗を乗り越えて着実にやり遂げる」
「真理を探究して新しいものを生み出そうと努める」
「多くの人々の善意により日々の生活や現在の自分があることに感謝し
　人間愛の精神を深める」
「心から信頼できる友達をもち　互いに理解し合い　励まし合い　高め合う」
「正義と公正さを重んじ　誰に対しても公平に接する」

「社会や集団の中での自分の役割と責任を自覚し　積極的に貢献する」
「郷土を愛し　進んで郷土の発展に努める」
「人間としてよりよく生きることに喜びを見出す」……
まだ半分以上あるが割愛する

これは何も教育現場に限った話ではない
テレビを点《つ》ければ　本を開けば　はたまた流行歌を口ずさめば
「人に優しく　真心をもって接しよう」だの
「家族を愛し　仕事に誇りをもとう」だの
「かけがえのない自然や生命を大切にしよう」だの
「世界の平和と発展に寄与《きよ》しよう」だの
「自らの弱さに打ち克《か》ち　気高く美しく　自分らしく生きていこう」だの……
まだ半分も紹介していないが割愛する

日々至《いた》る所で「前向きに　品行方正に生きろ」というメッセージが
（というより圧力が）溢《あふ》れている

学生時代の私と同じように　他人の目を気にして　優等生な良い子でいたい娘は
「〝正しい人〟であらねば」という強迫観念が　幼い頃から染みついて離れないようだ
娘は　どれだけ自分の内面を真摯《しんし》に見つめ　磨き　強くなろうと訓練しても
奥に潜む　前記とは真逆の
醜くて卑《いや》しい心をどうしても一掃できない　克服できないでいる
そんな自分を好きになれずにいる

これは何も子どもに限った話ではない
ある大型イベントのプロデューサーは　過去の不適切な発言が　週刊誌に暴露された
するとクレームが殺到　世間から散々《さんざん》叩《たた》かれて　一発退場
話題の大作映画の重要な役どころだった　往年の名優は
過去の女性問題が暴露されて　やはり一発退場
バラエティー番組に引っ張りだこだった　大物芸人は
過去に不正な取引に手を出していたことが暴露されて　あっという間に一発退場
金メダルが期待された人気スポーツ選手は　不倫現場を暴露されて　大会直前に一発退場
大人になり　一定の社会的地位や評価を手に入れたはずの私でも

〝正しさ〟が常に求められるこの国で
パワハラだの　モラハラだの　何とかハラだの　配慮不足だの　今すぐ謝罪しろだの
日々増殖する苦情や〝炎上〟に怯《おび》えて
一皮剝《む》けば　未だに娘と同じ悩みに囚《とら》われ続け　しかも　あまり解決できずにいる

そもそも　道徳の教科書を執筆した学者や　道徳の授業をしている学校の教師は
冒頭に挙げた内容項目を　本当に全部身に付けているのだろうか？
音楽の教科書にも載っている流行歌を作った　あのミュージシャンはどうか？
正義を振りかざして　他人のわずかな過《あやま》ちでも　一斉に厳しく咎《とが》めたてる
モンスタークレーマーやネットクレーマーはどうか？

道徳の教科書に載っている人物像のような　そんな善人や聖人君子がいたら会ってみたい
実際はどんな人なのだろう？

社会の進歩を喜べない

モデル　若い頃の武勇伝をやたらと語りたがる人たち　全員三十代以上

六五歳の専務は嘆いている
私が若かった四十数年前は　この国のサラリーマンは
長い時間働くことが美徳とされ　高く評価されていたと
私も　家庭や自由時間　時には健康を犠牲にして
会社に尽くすことで　周囲からの尊敬を勝ち取ってきた者の一人だと
それが今じゃどうだ　「働き方改革」が叫ばれて　定時で退勤することが奨励され
短い時間で効率良く成果を出す社員が高く評価される
夜遅くまで残業するなんて　もはや時代遅れであり
「ワーク・ライフ・バランス」が求められる風潮も　確かに理解できる
働き方や人事評価は　時代とともに変わっていく　それは分かっている
でも　自分は楽しみを我慢して　身体に鞭《むち》打って　休日返上でずっと働いてきたのに
今の若い連中は「デートがあるから　友達と遊ぶから」と　さっさと退勤してしまう

有給休暇だって　昔は　自分が病気になった時にしか使わないのが当たり前だったのに
今の若い連中は　誕生日だの行楽《こうらく》だのペットの葬儀だのを理由にして
平気で使い切ってしまう
私は長年苦労してきたのに　最近の新入社員は
そんな苦労を知らずに最初から働いている
それが許せない　自分の世代だけが損をしている気がして
社会の進歩を素直に喜べないと

そんな専務は　一世代下の五五歳になる部長から
「あの人は　過去の栄光にすがって生きている」と煙たがられている

しかし　五五歳の部長もまた嘆いている
私が若かった三十数年前は　この国では　年功序列が幅を利《き》かせていた
年長や目上の人を敬《うやま》うことは　最低限の礼儀であり　常識だったと
私も　親や教師　上級生や上司の言うことは無条件に聞き入れて　丁重《ていちょう》に接したものだと
それが今じゃどうだ　年齢や勤続年数に関わりなく
対等に言い合える関係を築いていることが　優れた組織の条件だとされている

確かに　先輩の理不尽な要求に黙って従わされるのは
パワハラであり　もはや許されない行為なのは理解できる
モラルやマナーの中身は　時代とともに変わっていく　それは分かっている
でも　私は長年　上下関係を遵守《じゅんしゅ》しようと　あれこれと気を遣《つか》ったり我慢したりしてきた
歳を取って　やっと威張《いば》ったり　偉そうにしたりする順番が廻ってきたと思ったら
部下の世代からは　ただ年上というだけでは尊敬してもらえず
むしろ　舐《な》められている始末
それが許せない　自分の世代だけが損をしている気がして
社会の進歩を素直に喜べないと

そんな部長は　一世代下の四五歳になる課長から
「あの人は　自分の過去の経験ばかりに頼っている」と煙たがられている

しかし　四五歳の課長もまた嘆いている
私が入社した二十数年前まで
この国では　体罰はしつけの一環として事実上容認されていた
（こう書くと読者からクレームが来るので「大きな問題にされなかった」と訂正しておく）

家庭でも学校でも　悪いことをしたり　注意されても聞かなかったりすれば
親や教師から　よくビンタをされたと
私も　叩《たた》かれて　初めて親や教師の本気度に気付き
「二度としません」と泣きながら誓ったものだと
それが今じゃどうだ　教育的に効果がないと指摘されるだけでなく
法律的にも禁じられている行為だと糾弾される
確かに　殴ったからといって　相手の考えを改められる訳ではないことは理解できる
子どもや若者の育て方や指導の仕方は　時代とともに変わっていく　それは分かっている
でも　私は　時には〝鉄拳制裁〟も辞さないという姿勢で　厳しく育てられたことで
仕事や人生を生き抜くために必要な根性や忍耐力が養《やしな》われたと今でも思っている
私は長年　それなりに意味があると賛成してきたのに
（こう書くと読者からクレームが来るので　「大目に見てきた」と訂正しておく）
自分の息子や娘には　ましてや部下達には　もはや使えない
それが許せない　自分の世代だけが損をしている気がして
社会の進歩を素直に喜べないと

そんな部長は　一世代下の三五歳になる係長から

「あの人は　社会の変化に柔軟に対応しようとしない」と煙たがられている
しかし　三五歳の係長もまた嘆いている
私が入社した十数年前まで　この国では　職場での飲み会は仕事の一部と見なされていた
上司と部下が一堂に会して　定期的に酒を酌《く》み交わすことは
チームワークや士気を高める重要な手段とされていたと
私も　高い会費を払わされ　重役に酒を注《そそ》ぎに回り
聞きたくもない苦労話や仕事の心構えを　延々と得意気に説教されたものだと
それが今じゃどうだ
「なぜ労働時間外で　わざわざ上司と話さなければいけないのだ」と主張して
拒絶する若手が急増している
ドンチャン騒ぎして初めて絆が深まるなんて考え方は　もはや古くさくて
廃止する企業が出始めているのも　確かに理解できる
人とのコミュニケーケーションの在り方は　時代とともに変わっていく
それは分かっている
でも　自分は新人の頃　場を盛り上げるために余興《よきょう》を無理矢理させられた
一方で　苦手だった上司や同僚と打ち解けて

翌日から仕事がしやすくなったこともあった
今の若手は「給料と関係のないことはしない」と　さっさと帰宅してしまう
私は長年　好きではなかったが　それなりに意味があると思って参加してきたのに
年下の世代は　そんな意味をまるで感じないでいる
それが許せない　自分の世代だけが損をしている気がして
社会の進歩を素直に喜べないと

そんな係長は　一世代下の二〇代の平社員たちから
「あの人は　上の世代の人たちを批判しているが
自分たちから見れば　あの人だって同類だ」と煙たがられている

ここ数年で　リモートワークやオンライン会議が急速に浸透している
でも　実際に会って　顔と顔を突き合わせなければ
議論は深まらないし　分かり合えないと
専務も部長も課長も係長も　まだ思っていらっしゃるようだ
ここ数年で　音楽も映画も書籍も配信が急速に主流となっている
でも　画面越しではなく　ＣＤやＤＶＤ　単行本を実際に手にとって

パッケージや装丁《そうてい》の重み　紙やインクの匂《にお》いにまで触れなければ
作り手の世界観や真の意図は受け手には伝わらないと
専務も部長も課長も係長も　まだ信じていらっしゃるようだ

この方たちは皆　最も若い二〇代の平社員たちからは
「頭が固い　意固地《いこじ》だ」と疎《うと》まれている
「今更　思考回路や価値観　生き方を変えられないようだ」と陰口を叩《たた》かれている

改革者にはついていけない

モデル　休みの日はだらだらと過ごしたい人　四七歳

歯に衣着せぬ発言と　強いリーダーシップをウリにして
連日マス・メディアを賑《にぎ》わしている　人気政治家
改革派の旗手を自認して　今度の選挙では　過去最高得票が見込まれている

彼は「旧い体制をぶち壊す」と声高に叫んでいる
改革の大なたを振るわなければ　この国は大元から腐っていくと訴えている
これまでの行政は　無駄が多くて非効率的だと糾弾し
これまでの規制やルールは　経済の自由な発展とイノベーションを阻《はば》んだと批判し
業績の悪化した企業や　成果を上げられない労働者は
非合理的な存在であり　どんどん淘汰《とうた》されるべきだと訴えている
これまでの社会の仕組みを　ことごとく否定し
多くの政治家や役人は　既得権益にまみれた敵対勢力だと　まくし立てている

でも
今ある機関や部署が統廃合され　法律や制度が変わるのは
正直　煩《わずら》わしいと感じてしまう
新しく覚えたり　慣れたりするのに時間がかかるし
確かに　生産性や経済成長率の上昇が大事なのは分かるけど
弱肉強食の社会を押し付けられている気がして　何かくたびれる
変化のスピードが速すぎて　頭と身体がどうもついていけない
「そういう保守的な人間がいるから　この国はいつまで経っても良くならない」って
お説教されるんだろうけど　彼に一票を投じるのをためらってしまう

他社から高額・好待遇でヘッドハンティングされた　鳴り物入りの取締役
彼は　これまでの社内体制を　ぬるま湯だと糾弾し
過去の経営陣は惰性《だせい》だけで動いていると批判する
社員一人一人も　前例を踏襲するだけで
問題点や改善点を見つけようとしない　レベルの低い集団だと訴えている

社員全員の意識を徹底的に変えることが私の役目だと
我が社の歩みを否定し　目の敵にしている

確かに　現状のままでいいなんて思っちゃいない
時として改革には痛みが伴うことも　頭では分かっている
でも　彼はどこか冷たい感じがして　どうも好きになれない　感情がついていかない
「ライバルに先を越されるな」「創意工夫が足りない」「早く結果で示せ」などと
いつも追い立てられるのは　正直しんどい
変えた方がいいとは思っていても　何かを変えるという行為自体　甚《はなは》だ骨が折れる
「そんなことだから　いつまで経っても　お前達は進歩がなくてダメなんだ」
と咎《とが》められるのだろうけど　やっぱり急激な変化は受け入れられない
多少の問題や不便はあっても　このままの方が楽でよい
置いてけぼりになるのは　ごめんだ

（後日談）

やがて時代が進み
競争の強化と既存のシステムの破壊ではなく　協力と再生をスローガンに掲げ
一握りの強者ではなく　万人の利益と幸福の実現を目指す
博愛精神に溢《あふ》れた　真の改革者がついに現れました
この詩のモデルは　さぞや喜んで支持をしたのだろうと思いきや　再び反対しました
理由は
「変化のスピードが速すぎて　頭と身体がどうもついていけない」
「変えた方がいいとは思っていても　何かを変えるという行為自体
甚《はなは》だ骨が折れる」
「多少の問題や不便はあっても　このままの方が楽でよい」からだそうです

この詩のモデルは　最後にこうも付け加えていました
「人間なんてもんはさ
これまでの生き方や考え方を大きく変えることを嫌がる動物なんだよ」と

ザ・テープレコーダー男

モデル　打ち明け話をほとんどしてもらえない人　四六歳

あなたの周りに　こんな人はいませんか？
どうか温かい目で見てやってください
実は　意外と　彼のような人物は珍しくないと思うのです――

彼のあだ名は「テープレコーダー男」（録音・再生機器のような男という意味らしい）
部長からそう呼ばれて　よく小馬鹿にされるんだ
パワハラだと訴えたい気もするが　図星《ずぼし》だから　悔しいが言い返せない
それは彼自身も自覚しているようだ

彼の勤務態度は真面目　というより生真面目と言った方が近い
しかしながら……

「テープレコーダー男」は会議が苦手
相手の出方に合わせて　柔軟に受け答えする余裕なんてなく
事前に準備してきた　幾つかの定型文を繰り返すだけで精一杯
録音された答弁を聞かされているみたいで　印象に残らない
想定外の質問や反論にめっぽう弱く　前もって教えられたことしか答えられない
誰でも思い付くような　通り一遍なことしか発言しない（発言できない）し
誰も説得できない　納得させられないで　毎回言い負かされている
今では　彼の発言に耳を傾ける者はほとんどいない
「君が会議に参加している価値や意義はあるのか」と　よく部長に怒られるんだ

「テープレコーダー男」は危機管理が苦手
いわゆる「非常事態」や「臨機応変」というのが　からっきしダメで
マニュアルに書いていないことは対応できない
パニックになって思考停止　何もできず右往左往するだけ
あらかじめ決まっていることを　途中で修正なんてできない
ゼロか百かでしか物事を捉《とら》えられず　その中間の　程よい具合で処理できない

だからまた　想定外のトラブルが起きたらどうしようかと　また部長に怒られると
いつもびくびくしながら仕事をしているんだ

「テープレコーダー男」は決断が苦手
「あなたはどう考えますか」「どうしたらいいのか指示をしてください」
意見や判断を求められると　たじろぐ　口ごもる
自分のせいで事業が失敗したら評価が下がるし
間違っているって批判されるのが怖いし　自分の決断に責任を負う覚悟がまるでない
そもそも　彼には明確な経営戦略も企画のアイデアも皆無　彼の心には芯や軸がないのだ
誰かから何か指摘されるたびに　風見鶏のように　ころころと考えを変えて
結局どうすればいいのか　いつまで経っても決められない
「君はいつも　前任者のやり方を　意味や理由を考えず　疑問も感じないままに
ただ焼き直しているだけだ」と　よく部長に怒られるんだ

「テープレコーダー男」は根回しが苦手
あらかじめ　様々な立場の社員の思いや願いを聞き取って
異なる意見をすり合わせることができない

彼は一度結論を決めてしまうと　それ以外の意見は視野に入らなくなってしまう
結局　上手く調整できないままに会議当日を迎えてしまい　紛糾
準備不足だと　また部長に怒られるんだ

「テープレコーダー男」は決まりに厳格《げんかく》（もちろん悪い意味で）
相手の置かれた状況や心情に寄り添って
ルールを柔軟に解釈したり　時には大目に見たりすることができない
いつでもどこでも　そのまま当てはめようとして
かえって円滑に事が運ばずに　軋轢《あつれき》が生じて憎まれる場面が目立つ
「何でもかんでも杓子《しゃくし》定規で進めようとするな」と　よく部長に怒られるんだ

彼は「ロボットみたいだ」「感情がない」「能面のような表情」と
しばしば部長から　からかわれる
もともと「テープレコーダー男」は
休日には　一人で美術館や博物館へ行ったり　神社仏閣を拝観したり
古い欧米の映画をBS・CS放送で連続して観たりと
静かで文化的な生活を好む男だ　恋愛経験も乏《とぼ》しいと推察される

黙々と単純作業を繰り返す　〝下っ端《したっぱ》〟がやるような業務だったら
彼の能力をまだ発揮できただろうに
不景気と就職氷河期のあおりを受けて　中堅企業の社内はどこも人材不足
年齢的に　中間管理職のお鉢《はち》が回ってくる
「代わりに誰かいないのか…」　部長がため息をついている姿をよく見かける
「テープレコーダー男」には　今更「もうやめたい」などと
面と向かって相談する勇気もない

それでも　生真面目な「テープレコーダー男」は　密かに
「コミュニケーション能力を高めるトレーニング」だとか「会議で勝つ方法」
「相手を納得させるプレゼン術」だとか「仕事で成功するための○○の法則」など
ビジネス書を乱読して　涙ぐましい努力をしている　でも　いっこうに上達していない
ああ　今日もまた　部長に怒られているよ

運転のしにくい乗り物

モデル　行き当たりばったりの毎日を過ごしている人　二六歳

あなたの周りに　こんな人はいませんか?
どうか温かい目で見てやってください
実は　意外と　彼のような人は珍しくないと思うのです——

本当はたくさんの女性からモテたくてしょうがないくせに
「自分は愛される価値や資格なんてない」と卑下《ひげ》している
結婚願望が異常に強いくせに　「自分には一生縁がないだろう」とはじめから諦《あきら》めている
性欲が異常に強いくせに　毎晩セックスしているカップルを
刹那《せつな》的で本能的だと見下している
ストイックに生きる硬派な男に憧れているくせに　熱愛中のお惚気《のろけ》カップルを羨《うらや》ましがる

「自分が死んだら　彼女は別の男をまた愛する」なんて許せない
しかし　逆だったら　自分は新しい恋人を探すだろう
自分が冷たくしていたくせに　別れた原因を彼女のせいにしている
（唯一交際まで発展した女性だったのに）

仲間を自分から遠ざけておいて　自分は誰からも好かれないと嘆いている
本当は皆と仲良くなりたいくせに　近寄り難い雰囲気を醸《かも》し出している
寂しいくせに　何でもないフリ　へっちゃらなフリをする
悩みを打ち明けて慰め合う関係は　窮屈で疲れるくせに
適度に距離を取った関係だと　物足りなくなって孤独感に駆られてしまう
誕生日をはじめとした幾つもの記念日を過剰に意識するくせに
祝ってくれる人や祝ってあげる人がいないから無関心を装《よそお》っている

自分が傷つけられることには敏感だが　自分が相手を傷つけることには鈍感
自分はサボったくせに　相手が同じようにサボると罵倒《ばとう》する
他人を激しく非難するくせに　自分の非は認めない
他人からおごられる時には遠慮しないくせに　自分からおごるのは嫌で　基本的にケチ

対人恐怖症のくせに　意外と目立ちたがり屋
自分と性格の似ている人に会うと　むしゃくしゃするくせに
同じ嗜好《しこう》やタイプの人としか付き合えない
社会的地位の高い人に媚《こ》びて　取り込もうとするくせに
社会的地位の高い人が完璧な人間に見えて怖い
自分より年下の人を見ると　若い頃に戻りたいと思うくせに
年上の人を見ると
早く歳を取って威張《いば》ったり　若い連中に仕事を押し付けて楽をしたいと思ったりする
プライベートについて一切語らない謎めいた存在に憧れるくせに
自分からプライベートをあれこれとひけらかして　（誰も聞いちゃいないのに）自己満足
勤務先の部長の前では　一緒になって課長の批判をするくせに
課長の前では　一緒になって部長の批判をしている
世間体が何よりも大事で　人並みから外れることが何よりも嫌なくせに
気が付けば　世間一般の人々が歩むコースからは逸脱した人生
自宅の部屋の細かい埃《ほこり》や抜け毛　ゴミ屑《くず》が気になるくせに　掃除するのは面倒臭い
やらなければならないことがたくさんあると　結局どれもやらない

頭の中では完璧主義のくせに　実際に取り掛かってみると大雑把《おおざっぱ》
自分の失敗や欠点を分析し反省してみるけど　それらを改めるための行動には腰が重い
非常に焦るが　何も動こうとしない
願望は非常に強いが　実際の努力からは逃げてばかり
どうでもいいことには凄く気を遣《つか》うのに　重要なことや肝心《かんじん》なことには意外と無神経
自己嫌悪の塊《かたまり》なのに　意外とナルシスト……（以下省略）
「本当はもっと　真っ直ぐで　純真で　強い人間になりたかったのに」とこぼしながら
人間としての一貫性がない自分自身の扱いに　今日もまた　手をこまねいているようです

やっぱり美人が好き！

モデル　美人やイケメンになぜか厳しい人　二九歳

想像してごらん　シンデレラが美人でないという物語を
もしも　シンデレラが美人でなければ
舞踏会で　王子様の目にとまり　ダンスに誘われたでしょうか？
ガラスの靴の持ち主を　王子様がわざわざ捜し回ったでしょうか？
すなわち　この童話は　物語として成立したでしょうか？

想像してごらん　ジュリエットが美人でないという物語を
もしも　ジュリエットが美人でなければ
ロミオは　舞踏会（またか！）で
一目惚れしたでしょうか　二人はそもそも駆け落ちなんて企《くわだ》てたでしょうか？
すなわち　この悲劇は　物語として成立したでしょうか？

想像してごらん　白雪姫が美人でないという物語を
もしも　白雪姫が美人でなければ
魔法の鏡は「世界中で一番美しいのは白雪姫」だと答えて
お妃様を怒らせたでしょうか？
お妃様が　わざわざ　りんご売りの老婆に変装して
毒りんごで白雪姫を殺めようとしたでしょうか？
さらに　深い眠りについた白雪姫に　王子様はキスなんてしたでしょうか？
すなわち　このメルヘンは　物語として成立したでしょうか？

蛇足ですが　逆の立場　男性についても触れておきましょう
想像してごらん　光源氏がハンサムでないという物語を
もしも　光源氏がハンサムでなければ
そもそも　彼が
（主なところだけで）十二人もの女性と関係をもつことができたでしょうか？
作者は　四十一巻にもわたって
彼の栄華と苦悩をドラマチックに描くなんてできたでしょうか？
すなわち　この長編小説は　物語として成立したでしょうか？

きっと　想像した通りになっていたら
シンデレラも　ジュリエットも　白雪姫も　光源氏も
王子様やお姫様から見向きもされず　ライバルとの恋や出世競争にもあっさりと敗れて
退屈で平凡な人生を送ったとは思いませんか？

想像してごらん
あなたは　わざわざ　美男美女の俳優が出ない
恋愛ドラマや映画を見たいと思いますか？
美男美女でないアイドルを推しますか？
想像してごらん
テレビ局のアナウンサーや国際線の客室乗務員って　美男美女が多くないですか？
最近テレビによく出ている　女性の弁護士や医者　社長や議員
彼女たちに〝美人〟という付加価値がなければ　果たして注目されたでしょうか？
（「近年　大企業であればあるほど　いわゆる〝顔採用〟が増えている」なんて
ネット記事を見つけましたが　驚きはしませんよね？）

つい先日　歴史上の偉人達を描いた作品を　配信サービスで　一気見したら
どれもこれも　実際の肖像より　はるかに美男美女の役者達が演じていましたが
違和感はないですよね？

「生まれながらの不平等は是正すべきだ」と声高に叫ぶヒューマニストたちは
「ルッキズム（外見差別）だ」「性の商品化を助長している」などと言って
これらの問題を批判しないのでしょうか？
例えば「解決策として　ブスやブサイクを主役にしろ」だとか「優先的に採用しろ」だとか
そういった主張は　いっこうに聞こえてきません
もはや　自明《じめい》すぎて　議論の俎上《そじょう》に載せること自体　野暮《やぼ》なのでしょうか？
想像してごらん

良き羊飼いの治める国で

モデル　秘かに歴史上の独裁者たちを研究している　六四歳

権力の中枢《ちゅうすう》に長らく君臨し　次期首相候補の大本命と目される
さる大物代議士が　三十有余年の議員生活から導き出した
まことに深遠なる「政治哲学」七か条とは……

一、補助金だの給付金だの　バラマキ政策で景気浮揚や生活支援を〝演出〟している間に
自由や権利を制限する法律をそっと忍び込ませて成立させる
国民は馬鹿だ　どうせ気付かないだろう

一、権力を官邸に集中させて　軍事行動を始めやすくする法律を　数の力で強行採決
政府に対して批判的な番組や報道は　制裁をちらつかせて　自主規制をさせる
学校教育だって　省庁や自治体に裏で圧力をかけて
政府に都合の良い内容だけを教えこませる

政府の方針に異を唱える有識者は　諮問《しもん》機関から全員罷免《ひめん》する
「強権的なやり方には反対だ」と　今はあちこちで声を上げていても
国民は馬鹿だ　力でねじ伏せていれば
そのうち諦《あきら》めて　おとなしく従うようになるだろう

一、利権の絡《から》んだ知人や関係者にはいろいろと〝便宜《べんぎ》〟を図ってやった
見返りとして多額の〝寄付〟も　誰も見ていない（はずの）場所で受け取った
マス・メディアや国会審議では
さんざん「権力の私物化」だなんだと糾弾や追及をされた
でも　疑惑をごまかし続けていれば　次の選挙まで時間はあるし
国民は馬鹿だ　そのうち忘れるだろう

一、いざ選挙に突入したら　実現する気は毛頭ないが　投票日前の数週間だけ
国民に耳障りの良い　福祉政策や減税を訴える
当選したら　信任を得たと言い張って　公約にはない全く別のことをやり始める
国民は馬鹿だ　次も同じ方法で勝てるだろう

一、族議員と癒着している一部の業界団体の利益を増やすための政策を
「国民全体を豊かにさせるため」だと言い換えて
あたかも大衆の暮らしに寄り添っているかのようなポーズを取ってみせる
国民は馬鹿だ　どうせ見抜けないだろう

一、貧富の差が広がって　不評だった政策を
「○○改革」だの「○○ミクス」だの「新○○主義」だのと
呼び名だけを新しくして　中身はほとんど変えずに　素知らぬふりをして続行する
国民は馬鹿だ　どうせチェックしていないだろう

一、政権与党の人気が落ちてきたら　トップの顔だけをすげ替えて
あたかも体制が刷新《さっしん》されたかのような印象操作をして延命を図る
国民は馬鹿だ　どうせ騙《だま》されて　支持率は回復するだろう

そうこうしているうちに　私がこの国を思いのままに動かすようになっている
国民は馬鹿であればあるほど　私にとっては都合が良いのだ

（後日談）
そして　さる大物代議士の目論見《もくろみ》通りに政局は進んだ
しかし　お人好《ひとよ》しで能天気な国民は
為政者から　舐《な》められていることや　見透《みす》かされていることに
相変わらず自覚がない……

埋められない溝

モデル　ディベートが趣味の、高学歴カップル　共に二八歳

理想主義者の彼女は「大量消費を続ける現代人のライフスタイルを改めなければ
生態系を脅《おびや》かす　深刻なごみ問題や環境汚染は解決できない」と警鐘を鳴らす
それに対して
現実主義者の彼は「消費をもっと活発にしなければ　企業の利益が上がらず
経営も拡張せず　現在の深刻な不景気から回復できない」と真逆のことを主張する
どちらの言い分も間違っちゃいない　むしろ　生活を安定させるという目的は同じ
だからこそ　この溝は　いつまで経っても埋まらない

理想主義者の彼女は「経済発展を優先するのを止め　生産規模を縮小しなければ
資源やエネルギーを浪費し続けて　温暖化が止められなくなり
将来は地球上で人類が暮らせなくなってしまう」と警鐘を鳴らす
それに対して　現実主義者の彼は「経済が発展せず　生産規模が縮小すれば

その分投資や雇用も減り　失業者が生まれ　食費や家賃を払うのにも困って
明日生きていけなくなる人々が増えてしまう」と真逆のことを主張する
どちらの言い分も　やはり　生活を安定させるという目的は同じ
だからこそ　この溝は　いつまで経っても埋まらない

現実主義者の彼は「軍隊や兵器を増強して　軍事力を強化しなければ
不安定な国際情勢の下　外国からの攻撃や侵略といった緊急の事態が起こったときに
領土や財産　国民の命を守ることができない」と警鐘を鳴らす
それに対して　理想主義者の彼女は「不安定な国際情勢の下
外国からの攻撃や侵略といった緊急の事態に備えて　自国の軍事力を強化すれば
相手国もさらに軍事力を強化して対抗しようと身構えて　軍拡競争が始まり
かえって緊張や戦争の危険が高まる
軍隊や兵器を全廃しない限り　この悪循環は解決しない」と真逆のことを主張する
どちらの言い分も間違っちゃいない　それどころか　平和を目指すという目的は同じ
だからこそ　この溝は　いつまで経っても埋まらない

現実主義者の彼は「罰則を科したり　国民全体を監視したりするなど

一人一人の人権をある程度制限しなければ　社会全体のモラルが低下した今
他人の人権を平気で侵害するような　凶悪で身勝手な犯罪者やならず者の出現を防《ふせ》いで
大多数の国民の権利を擁護することができない」と警鐘を鳴らす
それに対して　理想主義者の彼女は「歴史を振り返れば
一人一人の人権を制限し　処罰や管理を可能にする　強い権力を
少数の為政者や国家機関に与えてしまうと
いつでもどこでも　濫用《らんよう》や独裁が始まって
結果として大多数の国民の権利がさらに失われた」と真逆のことを主張する
どちらの言い分も　結局は　社会の安全と安心を守るという目的は同じ
だからこそ　この溝は　いつまで経っても埋まらない

そうこうしているうちに　世界はどんどん悪くなっていく……

境目が分からない

モデル　「どちらもありですね」が、もはや口癖となっている人　三三歳

私の尊敬する中学校の恩師は常々おっしゃっていた
「自分で限界を決めるな」と　それは正しいと今でも思う
先生は「たいていのことは　努力で何とかなるし
できないのは　そもそも本気でやろうとしていないからだ」と
「愚直《ぐちょく》な努力を続けて　高い壁を一歩一歩よじ登り　自分の可能性を一歩一歩広げていく
苦手なことでも　無理なことでも　必死で頑張って克服していく過程に
人間としての進歩や価値がある」のだと　熱く諭《さと》してくださった

その一方で　私の尊敬する高校の恩師は常々おっしゃっていた
「自分の適性を見極《みきわ》めろ」と　それも正しいと今でも思う
先生は「人間には向き不向きがあり
自分に合わないことをいくら努力していても時間の無駄だ」と

「人間には適材適所があり　自分の個性や能力を最大限発揮できる場所を早く見つけて
そこで勝負するのだ　間違った努力を続けることは美徳ではない」のだと
熱く諭《さと》してくださった

……で　一体　どちらを信じれば　行き詰まった私の人生は好転するんだ？

私の尊敬する大学の部活動の主将は常々おっしゃっていた
「逃げずに闘え」と　それは正しいと今でも思う
主将は「逃げていてはだめだ　どんなにつらい場所にいても
どんなにつらい状況であっても　困難や敵に立ち向かうのだ
そうでなければ　いつまでも問題は解決しないし
いつまでも君は変われない　弱くて意気地《いくじ》なしのままだ
それは胸を張れるような生き方なのか」と熱く諭《さと》してくださった

その一方で　私の尊敬する大学のゼミの教授は常々おっしゃっていた
「逃げるのも大事だ」と　それも正しいと今でも思う

教授は「自分の心と体が押し潰《つぶ》されないためには　逃げることも必要だ
後ろ指をさされても　面目《めんぼく》を失ってもいいじゃないか
君が倒れてしまっては何にもならない」と熱く諭《さと》してくださった

……で　一体　どちらを信じれば　うだつが上がらない　私の毎日に光は射すんだ？

私が入社した時にお世話になった課長は常々おっしゃっていた
「リーダーには厳しさが必要だ」と　それは正しいと今でも思う
課長は「厳しさのない組織やチームは　緊張感がなくなって士気が緩み
ミスが増えたり　詰めが甘くなったりする
各自が好き勝手に意見を言い始めて　全体がまとまらない」と
「それに　厳しく育てなければ　新入社員は
ハードワークを厭《いと》わない我慢強さやフットワークの軽さ
細かいビジネスマナーを身に付けたり　短所を矯正したりできない」のだと
熱く諭《さと》してくださった

その一方で　私が最初の転勤先でお世話になった課長は常々おっしゃっていた
「リーダーには優しさが必要だ」と　それも正しいと今でも思う
課長は「しくじらないかと常に緊張していては　のびのびと仕事ができない
怒られないかと常にびくびくしていては　気軽に相談もできない
疑問点や気になったことを自由闊達《かったつ》に言い合える温かい雰囲気がないと
組織やチームは　風通しが悪くなって硬直する」と
「それに　優しさをもって育てなければ
新入社員は　自信が持てずにすぐに潰《つぶ》れてしまうし
失敗を恐れないチャレンジ精神を養《やしな》ったり　長所を伸長したりできない」のだと
熱く諭《さと》してくださった

……で　一体　どちらを信じれば　傾きかけた我が社の業績は回復するんだ？
過保護で育った今どきの新人や若手は伸びるんだ？

私が最近　報道番組でよく見かけるキャスターは常々憂《うれ》いている
「個人の利益を　集団や社会の利益よりも　平気で優先する人が増えた」と

それは正しいと前々から思っていた
「相手の迷惑を顧《かえり》みずに　自分の言い分や権利ばかりを主張し
要求が通るまで　相手を責め立て　周囲を延々と振り回す
ここ数年でそんな人たちが随分《ずいぶん》と増えた
おかげで大多数の居心地がどんどん悪くなっている」と
「自由の意味を履き違えず　一人一人が協調性を重んじてこそ
誰もが幸せになれる社会になっていく」のだと熱く諭《さと》していた

その一方で　私が最近　報道番組でよく見かけるコメンテーターは常々憂《うれ》いている
「相変わらず　個人の利益が集団や社会の利益の犠牲になっている」と
それも正しいと前々から思っていた
「同調圧力に抗《あらが》おうとせず　社会の伝統や風紀《ふうき》の維持を盾にして
多様な価値観や生き方を受け入れようとしない
自分の好きなように行動すればよいと訴える〝はみ出し者〟を　自己中心的で
ただの我儘《わがまま》だと否定する　おかげで大多数の居心地がどんどん悪くなっている」と
「思うがままに生きる　言いたいことを言う　一人一人の自由を尊重してこそ
誰もが幸せになれる社会になっていく」のだと熱く諭《さと》していた

……で　一体　どちらを信じれば　沈みかけている　この国を立て直せるんだ？
劣化した国民を　再生できるんだ？

おそらく　誰に相談してみても
「どちらも正しくて　時と場合によって変わってくる」と言われてしまうのだろう
だとしたら　その境目がどこにあるか　未だに　私には分からないし　見極《みきわ》められない

……とは言うものの　冷静になって　世の中を見渡せば
多くの凡人たちは　境目がどうだとか　そんな小難しいことは考えずに
むしろ自分の選択や判断を正当化したいときにだけ
これらの言説を都合よく利用してきた
例えば　新たなスキルの獲得や新たな方針の策定が求められる場面で
「キャパを超えているからやれない」と言って　他人に押し付けるとか
逆境に立ち向かわないと前へ進めない場面で
「逃げるは恥だが役に立つ」のだと　有名な外国のことわざを持ち出してきて

闘おうとしない己を慰めるとか
部下を厳しく指導しないと本人のためにならない場面で
「優しさをもって接することが　将来的にはプラスに働くはずだ」とうそぶいて
部下が機嫌を損《そこ》ねないように立ち振る舞うとか
前例がなく　扱いも面倒な　少数派による反対意見が出ると
「自分の思い通りならないと気が済まないクレーマー達だ」と決めつけて無視をする
……といったように

とある警告

モデル　これからの社会で求められる人間像の一つ　特に、Z世代に対して

当てはまる項目に☑を入れてください

□　あなたが一途《いちず》に愛している相手に対して　心からの想いを真っ直ぐに伝えたのに
あなたに一向《いっこう》に関心を示さず　返事もない　それどころか　ある日
〝格下〟だと思っていた知り合いと
幸せそうに腕を組んで歩いている姿を目撃したとしても
あなたはそれを許すことができる

□　あなたと反《そ》りが合わず　顔も見たくないと思っている相手が
たくさんの知り合いに囲まれて（その中にはあなたの親友も複数いる）
楽しそうに遊んだり飲んだりしている姿を目撃したとしても
あなたはそれを許すことができる

□　あなたの良さや頑張りに気付かず　あなたのことを全く評価しようとしない相手が

ある日　あなたが馬鹿にしていた知り合いを高く評価している姿を目撃しても
あなたはそれを許すことができる

□

あなたが「今すぐ死ねばいいのに」と思わずにはいられないような
目に余る言動を繰り返す人が　今日も変わらずに存在し
あなたと同じ地域に住んでいるのを目撃したとしても
あなたはそれを受け入れられる

□

あなたが「何がそんなに良いのかさっぱり理解できない」と眉《まゆ》をひそめ
主張している内容にも賛同しかねるような人が
世間では熱狂的に支持され人気があるのを目撃しても
あなたはそれを受け入れられる

□

あなたの熱心な誘いを躊躇《ちゅうちょ》なく断る人　あなたが苦手とする気が強い性格の人
あなたの〝推《お》し〟に全く興味がない人　あなたの主義・信条とは正反対の人
あなたの意のままには動いてくれない人
そういう人たちと　毎日接しなければならなくなっても
あなたはそれを受け入れられる

□

あなたが急いでいるときに限って　事故や渋滞に巻き込まれる
あなたがずっと楽しみにしていた遠出をする当日に限って　朝から大雨

あなたがずっと楽しみにしていた
数年ぶりの同窓会（初恋の人も参加予定）の当日に限って
想定外のトラブル対応に追われて　行けなくなる

あなたの仕事が溜《た》まって余裕のないときに限って
想定外のトラブル対応に追われて　一日が終わる
仕事内容が自分に合っていて　人間関係も恵まれた
あなたにとって働きやすい職場環境だったのに　突然の転勤命令
そういう場面に出くわしたとしても
あなたはそれらに腹を立てず　気持ちをすぐに切り替えられる

一つでも当てはまらない項目のある人は
世界は　自分の思い通りになるべきだと　本当は思っていませんか？

こんなはずじゃなかった

モデル　これまで登場した詩のモデルがもつ特徴を、概《おおむ》ね合わせ持った人　三九歳

彼は　仲睦《むつ》まじい両親の下で育ち　兄弟とも　たまに喧嘩もしたが基本的には仲が良く
家計は大金持ちではなかったが「中の上」のレベルを維持し
生活に不自由することはなかった
性格は　目立つタイプではないものの　争いを好まず　従順で
彼は小さい頃から漠然と　自分も将来は結婚して　父親のような　物静かな
でも　家族想いの良きパパになると思っていた
友人からも「優しいし　子煩悩で家庭的な人になりそう」などと
若い頃からよく言われたものだった
ところが　実際には　彼は四十代を目前にして　未だ独身
恋人も一度や二度できただけで基本的に縁がなかった
周りからも「えっ、意外」「そうは見えない」とよく驚かれたものだった
そのたびに彼は

自分と同程度の容姿・人柄・経歴の男性で　結婚している人なんてたくさんいるのに
「どうして自分だけが……」「こんなはずじゃなかった」と唇を噛《か》んだ

そんな彼は　友人から「恋人や奥さんができたら　絶対大事にしそう」などと
若い頃からよく言われ
自分でも　ひとりの女性を一途《いちず》に愛し　二股や不倫をするタイプではないと思っていた
禁じられた　激しい恋愛ではなく　爽《さわ》やかで　穏やかな恋愛を望んでいた
（もしプロフィールに「一番の宝物は？」という項目があったら
「妻」と書きたいタイプだ）
ところが　実際には　好きになる女性は彼氏がいたり
既婚であったりするケースが続いた
彼は　潔《いさぎよ》く身を引く決心がなかなかできず
相手も自分に好意を寄せないかと秘かに期待し
そう仕向けるような態度や行動を幾度か試みた（結果的に　毎回上手くいかなかったが）
そのたびに彼は　自分と同程度の容姿・人柄・経歴の男性で
安定した恋愛をしている人なんてたくさんいるのに
「どうして自分だけが……」「こんなはずじゃなかった」と唇を噛《か》んだ

そんな彼は　会社では　与えられた仕事を選《え》り好みせず　黙々と遂行していた
出世欲は皆無　縁の下の力持ちで　リーダーや管理職になるタイプではないと思っていた
ところが　実際には　四十代を目前にして　よもやの課長に大抜擢《だいばってき》
（「大変だから」「面倒だから」と多くの社員が固辞《こじ》したため
白羽の矢が立ったと推測される）
彼は　人の上に立って
大勢の人間に指示を出したり統率したりすることが　元来得意ではない
平社員の頃のような堅実な仕事ぶりで得ていた高評価は徐々に下落し
周りから不満を露《あら》わにされる場面も増えてきた
そのたびに彼は　自分よりも高いマネジメント能力をもった人なんてたくさんいるのに
「どうして自分だけが……」「こんなはずじゃなかった」と頭を抱えた

そんな彼は　日頃から暴飲暴食に走ることなく　規則正しい生活を人一倍心掛けていた
仕事帰りにはジムに立ち寄り　筋トレも欠かさなかった
波乱万丈の　短く濃い人生ではなく
単調であっても　細々と長生きをするタイプだと思っていた

ところが　実際には　若くして重度の病巣が見つかり　長期の闘病生活を余儀なくされた
友人や同僚が週末に見舞いにやってきては　衰弱していく彼の病体を見て
よく驚かれたものだった
そのたびに　彼は　自分よりも不健全な生活を送っている人なんてたくさんいるのに
「どうして自分だけが……」「こんなはずじゃなかった」と頭を抱えた

彼は病室のベッドで　苦しみ悶《もだ》えながらも　これまでの長くはない人生を振り返り
「思い描いていたものと全然違う
僕は何か大きな悪いことをしたわけでもないのに　なぜだ
ただ人並に　慎《つつ》ましやかに生きたかっただけなのに　釈然としない　納得できない……」
そんな葛藤を抱えたまま　最期の日を迎えたのさ

真のヒーローはどっちだ？

モデル　華やかな世界に身を置く四人の著名人　全員二十〜五十代

彼は　強靱《きょうじん》な肉体と高度な技術で　数億円の賞金を稼ぐ　プロスポーツ選手
多くの少年の憧れの的であり　それは彼自身も自覚している
彼は　都内の閑静な一等地に七億円かけて改築した　瀟洒《しょうしゃ》な豪邸に住んでいた
ある日　再開発による地盤沈下の影響で
目の前の道路が突然陥没《かんぼつ》し　電柱が倒れて長時間停電になった
あれほどの富や財を成していながら　彼は何もできずに
ただ　氷点下五度の極寒の中
夜通しで復旧工事に当たる作業員を　窓から眺めるしかなかった
幸いなことに　スピーディーな仕事ぶりで　早く元通りになった
彼はその時　感謝するとともに　ふと気づく
自分は　こんなにも多くの少年たちから憧れられているのに
この人たちは　ほとんど注目されることもなければ　尊敬されることもない

この人たちの技術だって自分に負けないくらいすごい　しかも　暮らしに不可欠な技術だ
自分はヒーローのように思われているけど
こういう人たちはヒーローとは呼ばれない　それでいいのだろうかと

彼女は　誰もが羨《うらや》む顔立ちとスタイルで　テレビや映画に引っ張りだこの俳優兼歌手
多くの少女の憧れの的であり　それは彼女自身も自覚している
彼女は　都心を一望できるタワーマンションの最上階に住んでいた
彼女は元来潔癖《がんらいけっぺき》で
きれいに整備された都会で暮らしていることを至極《しごく》当然だと思っていた
ある日　久しぶりのオフだったが
高級車に乗って　話題のショッピングモールに変装して出かけた
その道すがら　車窓から　三十五度を超える猛暑の中で
大粒の汗を流しながら　公園やビル　トイレ　側道など
街のあちこちで衛生環境を黙々と整えている　清掃員やゴミ収集員の姿が目に入った
彼女はその時　感謝するとともに　ふと気づく
自分は　こんなにも多くの少女たちから憧れられているのに
この人たちは　ほとんど注目されることもなければ　尊敬されることもない

臭くて汚いなどと敬遠されがちな仕事でも厭《いと》わない　この人たちのおかげで
美観が保たれているのであり
自分よりよっぽど　多くの人たちの暮らしに潤《うるお》いを与えている
自分はヒロインのように思われているけど
こういう人たちはヒーローとは呼ばれない　それでいいのだろうかと

彼は　業績不振に陥《おちい》った　かつての有名企業にヘッドハンティングされ
大胆なコストカットと合理化を断行し　短期間でV字回復させた　凄腕のカリスマ経営者
時代の寵児《ちょうじ》となった彼は　ある日　久しぶりのオフだったが
都内の閑静な一等地に十億円かけて改築した　壮麗な豪邸の寝室で
昭和時代の名経営者たちを紹介するBS特番を　たまたま見た
「企業といえども結局は人なり」「人材こそ宝」「事業にはまず人材の育成が肝要」だと
事あるごとに説き　赤字になったら簡単に社員の首を切るやり方を戒《いまし》めていた
しかし　彼はその時　一人一人の部下の働く姿を具体的に思い浮かべ
感謝をすることもなければ　気づきもしなかった
人をモノであるかのように扱う
そんな世間の風潮に　微塵《みじん》も疑問を感じていないようだった

折からの円安と物価高騰による不況で　彼は迷わずに再び大幅な人員を削減した
前出の二人と同じように　ふと
「本当に組織を動かし　支えているヒーローとは　果たしてどちらなのか」
などと自問することは　一度もなかった

彼女は　軍事力を増強し　先制攻撃をちらつかせ　他国を威圧する　好戦的な外務大臣
過激な発言が話題になり　マス・メディアでも度々《たびたび》取り上げられ
女性初の首相候補と目されている
彼女は　粘り強い対話と外交交渉で
武力を用いずに紛争を解決しようと主張する政治家を
弱腰で無力だと　事あるごとに糾弾していた
ある日　部族間対立が続く発展途上国の貧しい村々に丸腰で飛び込んで
医療　教育　土木　農業　災害救助など
民生面から国際支援に取り組むＮＧＯ諸団体と懇談する機会があった
（これらの活動は　〝地味〟だからなのか　ほとんど報道されない）
この人たちは　「戦争をなくすためには
そもそも戦争を引き起こす根源を除去しなければならない

自国の軍備を増強して他国に睨《にら》みを利《き》かせるよりも
経済的な不平等を是正する人道的な援助に力を入れることが　最も効果的だ」
と　道理を尽くして　口々に大臣に訴えた
しかし　彼女は　その時感謝もしなければ　気づきもしなかった
〝力〟を誇示し　〝力〟に頼って諸問題の解決を図ろうとする人ばかりが
ヒーローだともてはやされる現在の風潮に　微塵《みじん》も疑問を感じていないようだった
前出の二人と同じように　ふと
「世界に平和と豊かさをもたらす　本当の強さをもったヒーローとは
　果たしてどちらなのか」
などと自問することは　一度もなかった

あとがき

「自分本位」や「私利私欲」が蔓延《まんえん》する現代の世界では
「世界平和」よりも「セックス」を選ぶような「利己」的な人間と
「セックス」よりも「世界平和」を選ぶような「利他」的な人間と
最後に笑うのは　果たして　どちらなのでしょうか？
あなたなら　どちら側に付きますか？

三十編の〝物語〟を読み終えて　その答えが見つかりましたか？

「利己」的な人間は　「利他」的な人間から軽蔑され　批判され
やがて　排除されるようになって　行き場を失います

一方　「利他」的な人間は　「利己」的な人間が引き起こす数多《あまた》の愚行に

迷惑や損害を被《こうむ》り　そのたびに尻拭《ぬぐ》いをさせられて
人生の大半が餌食《えじき》になります

……どちらの人生を選んでも　結局　幸せにはなれません

〈著者紹介〉
桜ノ牧　晃（さくらのまき あきら）
前作『愛は人を選ぶ』から３年４か月ぶりの第３詩集となる。

世界平和《せかいへいわ》よりもSEXY？

2024年10月11日　第１刷発行

著　者　　　桜ノ牧　晃
発行人　　　久保田貴幸

発行元　　　株式会社 幻冬舎メディアコンサルティング
〒151-0051　東京都渋谷区千駄ヶ谷4-9-7
電話　03-5411-6440（編集）

発売元　　　株式会社 幻冬舎
〒151-0051　東京都渋谷区千駄ヶ谷4-9-7
電話　03-5411-6222（営業）

印刷・製本　中央精版印刷株式会社
装　丁　　　弓田和則

検印廃止

Printed in Japan
ISBN 978-4-344-69154-4 C0092
幻冬舎メディアコンサルティングＨＰ
https://www.gentosha-mc.com/